性春オフィスふたたび

睦月影郎

双葉文庫

目次

性春オフィスふたたび

第一章　性春やり直しの日

1

（いよいよ取り壊しか……）

昼休み、丈太《じょうた》は新社屋を出ると隣接している旧社屋に入ってみた。

かつて、この建物で仕事を覚え、職場結婚をし、人生の大半を過ごしたのだ。

滝川《たきがわ》丈太は五十九歳の定年間近。

都下郊外にある家のローンも終え、長女は間もなく結婚を控え、長くニートだった長男も就職して落ち着いたところである。

社はOA機器を扱う『サガーヤ』。戦後間もなく佐賀屋文具《さがやぶんぐ》として発足し、三代目の佐賀亜矢子《さがあやこ》が社長就任したときサガーヤと改名した。

もう旧社屋の荷は全て新社屋へ移し、今はがらんとして取り壊しを待つだけとなっている。

丈太は何もない一階フロアを名残惜《なごりお》しげに見回し、やがて昼食に出ようとドアに向かった。

と、その時である。急な突風に煽《あお》られてドアがバタンと閉まり、その衝撃に視界が揺れた。

「な、何だ……？」

春の嵐か、旧社屋だから少々壊れても構わないだろうが、とにかく丈太はドアを開けて外に出てみた。

すると外は強風が吹き荒れ、街路樹が大きく揺れている。

そして彼は異変に気づいた。

目の前にあるはずの新社屋が消え失せ、古めかしいレンタルビデオ屋が建っているではないか。何度か映画のＶＨＳを借りた記憶がある。

行き交う車も古めかしいが、振り返ると、何と旧社屋が新築のように真新しく見えるではないか。

さらに丈太は、自身の肉体の変化に気づいた。

腹が出ていないし、風に前髪が揺れ、思わず頭に手をやるとすっかり薄くなっていたはずの髪が甦《よみがえ》っているではないか。

慌《あわ》てて近くのショーウインドーに自分を映すと、そこには若返った自分がいたのである。

（ど、どうなってるんだ……）

丈太は自分の頬《ほお》に手をやり、若々しいスーツのポケットを探ると、スマホがなくなり、札入れを見ると千円札は夏目漱石《なつめそうせき》、五千円札は新渡戸稲造《にとべいなぞう》ではないか。

ビデオ屋からはおニャン子クラブの歌が流れ、隣接する電気屋のテレビでは昼のニュースをやっていた。

（中曽根《なかそね》首相に鈴木《すずき》都知事だって？　まさか……）

夢でも見ているのか、どうやらここは過去の世界のようなのだ。

旧社屋を覗《のぞ》き込《こ》むと、がらんとしていたはずのオフィスには多くの機材が並べられ、昼休みとはいえ何人かの社員が仕事をして、見知った顔もあったが、どれも若返っている。

壁のカレンダーを見ると一九八七年、昭和《しようわ》六十二年二月となっているではないか。ということは三十六年前で、丈太は入社二年目の二十三歳ということになる。

と、その時向こうから歩いてくる女性に彼は目を止めた。

（しゃ、社長……）

そう、それは三代目の佐賀亜矢子、就任したばかりなら三十代後半。美しく颯《さつ》爽《そう》とした彼女は社員の憧《あこが》れで、丈太もまた美人社長の面影《おもかげ》でオナニーしてしまった記憶がある。

そのとき上の看板が強風にガタガタと音を立てた。

「お、思い出した！」

思わず声に出して言うと、近づいてきた亜矢子が怪訝《けげん》そうに彼を見た。

そう、サガーヤの看板が外れて落下し、社に戻ろうとしていた亜矢子を直撃した事故があった日だ。

そのため彼女は、何ヶ月も入院する羽目《はめ》になったのである。

見上げると、今にも看板が外れそうになっているので、思わず彼は駆け寄り、

「社長、危ない！」

叫ぶなり彼女に抱きつき、社屋の壁に押し付けたのである。その瞬間、今まで彼女がいた場所に看板が落下してきたのだった。

「キャッ……！」

亜矢子が声を上げた。

抱きついていた丈太は甘い匂いを感じて思わず胸をときめかせた。

どうやら間一髪《かんいっぱつ》で、落下した看板を避けることが出来たようだ。

「怪我はありませんか」

「これが落ちてきたの？」

身を離して言うと、彼女も粉砕《ふんさい》しているサガーヤの看板を見て声を震わせた。

「あなたは……」

「総務課の滝川です」

「助かったわ。有難う。とにかく中へ」

亜矢子が息を弾ませて言うと、丈太も生ぬるく甘ったるい匂いを感じながら従い、一緒に社屋に入った。真新しいので、もう旧社屋ではないだろう。

年配の社員も物音に気づいたように亜矢子に近づいて言うと、

「どうしました」

「強風で看板が落ちたわ。すぐ業者に手配して。これぐらいの風で落ちるなんて問題だわ。新築早々縁起《えんぎ》でもない」

亜矢子は言って、丈太と一緒にエレベーターに乗った。最上階の社長室に招かれ、丈太は初めて入る部屋に緊張を覚えた。

しかし彼の心は五十九歳で、相手は社長とはいえ四十前なのだから落ち着こうと思った。

「もう一度名前を教えて」

言われて、彼は社の名刺を出して渡した。

「滝川丈太です。入社二年目です」

「そう、命の恩人だわ」

亜矢子は名刺を見つめて言い、彼にソファを勧《すす》めた。

「一つ気になるの。私を庇《かば》うとき、思い出した、と言ったわね。あれは何？」

あんな最中だったのに、彼女はさすがに頭が切れるらしく覚えていたようだ。

「い、いえ、その、前に予知夢を見たことがあって、それが今日だと思い出したのです……」

「予知夢？　先のことが分かるの？」

亜矢子は切れ長の目を輝かせ、好奇心いっぱいに彼を見つめて言った。

大怪我をするところを救われ、まだその興奮が覚めていないように頬が上気しているが、頭の方は目まぐるしく回転しているようだった。

「ある程度は……」

丈太は答えたが、まだ混乱していて、いろいろ思い出すには時間がかかりそうだ。第一、未来の記憶を持ったまま三十六年前の二十三歳に戻ったことすら、まだ自分で納得していないのである。

「教えて、予知夢で見たことをいろいろ」

亜矢子が言い、ふと彼はデスクにあるワープロに目を止めた。

「頭を整理しながら、これに打ち込んでいいですか」

「いいわ、使って」

彼女に言われ、丈太は旧式のワープロを前にしてスイッチを入れた。

そして思い出す限り、中曽根首相の次は竹下登《たけしたのぼる》とか、間もなくバブル景気となるが、長く続かず泡《あわ》と消えるので貯蓄《ちょちく》をするようにとか、ＯＡ機器や携帯電話が発展することなどをキーボードに打ち込んだ。

「なんて速い打ち方なの。まだ導入したばかりで、社員の誰もキーに慣れていないのに……」

肩越しに覗いている亜矢子が感嘆して言い、湿《しめ》り気《け》ある甘い吐息が彼の鼻腔《びこう》を悩ましく刺激した。

そう、まだこの肉体は童貞なのだ。

親からの仕送りも少ない貧乏学生時代は風俗など行く余裕もなく、シャイで恋人を持ったこともない完全無垢《むく》だったのである。入社してからは仕事を覚えるのに忙《いそが》しく、初体験は来月、冬にもらったボーナスで風俗に行くことになるが、あまりに味気なく、以後行くことはなかった。

あとは職場結婚をし、女房一筋で、浮気もない平凡な日々を送ったのだった。

2

「すごいわ。今後うちの会社が伸びそうな情報がいっぱい……」

亜矢子がディスプレイに身を乗り出して言うが、キーを打っている丈太は美人社長の甘い匂いと、近々と迫る巨乳に胸と股間が熱くなってきてしまった。

「あなた、滝川君が今まで見た予知夢で、どれぐらい先まで見通せるの？」

「さ、三十五年ほど先でしょうか……」

甘い匂いに噎《む》せ返《かえ》りながら答えると、さらに亜矢子は近々と彼に顔を寄せた。

「お願いよ、私の相談役になって。もちろん誰にも秘密で」

亜矢子が勢い込んで言い、もちろん丈太は頷《うなず》いていた。

どうせ定年までこの社にいるのだし、今までは雲の上の人だった社長と親密になるのは悪いことではない。

ただ昭和の次の次の元号まで知っているし、大きな災害も分かっているが、そうしたことを言えば歴史が変わってしまう。

だから仕事に関すること、間もなくワープロからパソコンが主流になり、紙媒《ばい》体《たい》が少なくなって、レコードやカセットテープ、VHSからCDやDVDになってゆくことなど、業務に関わりのあることならヒントとして構わないだろう。

「分かりました。知ってるかぎりのことをお話ししますので」

「有難いわ。決して、私以外には誰にも話さないように約束して」

「は、はい……」

きつく手を握られ、彼も頰と股間を熱くさせながら答えた。

「そう、二人だけの秘密という証《あか》しに」

亜矢子が囁《ささや》き、丈太の頰を両手で挟んで顔を寄せてきた。

（う、うわ……）

まさか、秘密の契《ちぎ》りを結ぼうというのだろうか。

もう堪《たま》らずに、丈太の股間は痛いほど突っ張ってしまった。

「彼女はいるの？」

「い、いません……」

甘い吐息に酔いしれながら答えた。

確かに、女房の由美《ゆみ》は一歳下で、昨年春に入った新入社員だが、結婚は四年後のことだ。もちろん二人の子供にはまた会いたいので、同じ彼女、由美と結婚しなければならない。

「じゃ、構わないわね」

亜矢子は言うなり、何とそのままピッタリと唇を重ねてきたのである。

「ウ……」

丈太は、柔らかな唇の感触とほのかな唾液《だえき》の湿り気を感じ、思わず呻《うめ》いて硬直した。

焦点が合わないほど美しい顔が迫り、丈太は亜矢子の視線が眩《まぶ》しくて薄目になった。化粧の香りに混じり、彼女の吐息が白粉《おしろい》のような刺激を含んで鼻腔を掻《か》き回《まわ》した。

そしてヌルリと舌が侵入してきたので、彼も思わず歯を開いてネットリとからめてみた。

まさか自分のファーストキスの相手が、美人社長とは夢にも思わなかったものだ。丈太は興奮と緊張で、実際には五十九歳であることも忘れ、生温《なまあたた》かな唾液に濡れて蠢《うごめ》く美女の舌を味わった。

彼も、そろそろと亜矢子の口に舌を挿《さ》し入《い》れてみると、

「ンン……」

彼女は熱く鼻を鳴らし、チュッと吸い付いてきた。

亜矢子の夫は婿養子《むこようし》の専務だが、互いに忙しい身で、今はあまり夫婦生活などないのだろう。

だから彼女は欲求を溜《た》め込《こ》み、しかも命の恩人で、未来を見通す力を持った若い丈太に強く惹《ひ》かれはじめたのかも知れない。

それに彼女自身、若い社員たちからマドンナのように憧れられているのを承知しているので、よもや丈太が拒《こば》むはずはないと思っているのではないか。

ようやく唇が離れた。

「来て、こっちの部屋へ」

亜矢子が丈太の手を引いて言い、彼も導かれるまま社長室の奥にある部屋に入った。

そこには仮眠用のベッドがあり、どうやらバストイレも完備したワンルームの

私室だった。忙しいときは、ここに泊まれるようになっているのだろう。

「脱いで待ってて」

亜矢子は言うなり社長室へ戻り、電話をしていた。

「個人面談があるのでしばらく誰も来ないように。あ、看板の方は、早急に直すように業者に言って」

聞いていると彼女はそれだけ言い、ドアを内側からロックして、すぐこちらへ戻ってきた。

「まあ、まだ脱いでないの、私とじゃ嫌？」

「い、嫌じゃないです。ただ初めてなので緊張して」

「そう、まだ童貞なのね」

亜矢子は目をキラキラさせて言い、ためらいなく自分からブラウスのボタンを外しはじめた。丈太も、何やら本当に童貞に戻ったように指を震わせてスーツを脱いでいった。

実際の人生よりも、一ヶ月以上早い初体験だ。

しかも味気なく事務的な風俗ではなく、四十歳を目前にした美熟女、さらに社長が相手で、ここは神聖な社内である。

いかに五十九歳の心があろうとも、二十三歳の無垢な肉体は興奮と緊張に震えていた。

やがて丈太は先に全裸になると、ベッドに横になった。

枕には、彼女の甘い匂いが沁《し》み付《つ》き、その刺激が胸から勃起《ぼっき》した股間に心地よく伝わっていった。

たちまち亜矢子も最後の一枚を脱ぎ去り、全裸でベッドに上がってきた。

熟《う》れ肌《はだ》は透けるように白く滑《なめ》らかで、実に弾むほどの巨乳だった。

「初めてなら、してみたいことが山ほどあるでしょう。何でも好きにして」

添い寝した亜矢子が囁くと、彼は甘えるように腕枕してもらい、目の前で息づく巨乳に迫った。

さっき看板の落下から避けたときの名残か、亜矢子の肌はジットリと生ぬるく湿り、甘ったるい汗の匂いが濃く馥郁《ふくいく》と漂っていた。

美熟女の悩ましい体臭に酔いしれながら、吸い寄せられるようにチュッと乳首に吸い付き、顔中を押し付けて膨《ふく》らみを味わい、もう片方の乳房にも指を這《は》わせていった。

「アアッ……」

亜矢子は熱く喘《あえ》ぎ、仰向《あおむ》けの受け身体勢になったので、彼も自然に上からのしかかる形になった。

左右の乳首を交互に含んで舐め回し、充分に味わうと腋《わき》の下にも鼻を埋《うず》めて甘い匂いを胸いっぱいに嗅《か》ぎ、白い肌を舐め下りていった。

形良い臍《へそ》を舌先で探り、張りのある下腹に顔を埋め込むと心地よい弾力が感じられた。

着痩《きや》せするたちなのか、腰も太腿《ふともも》も実に豊満で量感に満ちていた。

しかし彼は股間を避け、腰のラインから脚を舐め下りていった。

せっかく好きにして良いと言われているので、この肉体で初めての女性を隅々まで味わいたかったのだ。

それに股間を舐めるとすぐ入れたくなり、あっという間に済んでしまうだろうから、肝心な部分は最後に取っておくことにした。

スベスベの脚を舐め下り足首まで行くと、蒸《む》れた匂いの籠《こ》もる爪先もしゃぶってしまった。

「あう、そんなことしなくていいのよ……」

亜矢子が驚いたように言い、それでもヒクヒクと反応しながら、されるままに身を投げ出してくれた。やがて彼女にうつ伏せになってもらい、滑らかな背中を舐め回すと、ブラのホック痕《あと》は淡い汗の味がした。

3

背中は感じるらしく、亜矢子が顔を伏せて喘いだ。

「ああ、くすぐったくて、いい気持ち……」

丈太は肩まで行き、甘い匂いの籠もるセミロングの髪を嗅ぎ、再び彼女を仰向けにさせた。

そして大股開《おおまたびら》きにさせて脚の内側を舐め上げて、白くムッチリした内腿《うちもも》をたどり、熱気と湿り気の籠もる股間に迫っていった。

顔を寄せると、ふっくらした丘には黒々と艶《つや》のある恥毛が程よい範囲で、ふんわりと茂っていた。

肉づきが良く丸みを帯びた割れ目からは、ピンクの花びらがはみ出し、そっと指を当てて左右に広げると、溢《あふ》れる愛液でヌルリと指が滑りそうになった。

花弁状に襞《ひだ》の入り組む膣口《ちつぐち》は、ヌラヌラと大量の愛液に潤《うるお》って息づき、包皮《ほうひ》の下からは小指の先ほどのクリトリスが、真珠色《しんじゅいろ》の光沢《こうたく》を放ってツンと突き立っていた。

「アア……、そ、そんなに見ないで……」

彼の熱い視線と息を股間に感じ、亜矢子が羞恥《しゅうち》に声を震わせて言った。

もう堪らず、丈太も顔を埋め込んで、柔らかな茂みに鼻を擦《こす》りつけた。

隅々には蒸れて甘ったるい汗の匂いが籠もり、それにほのかな残尿臭も混じって鼻腔が刺激された。

(昭和の匂いだ……)

まだ社屋のトイレはシャワー付きではない頃で、どんな美女でも、誰もが自然のままの匂いをさせているのだ。

丈太は鼻腔を満たしながら舌を這わせ、濡れて収縮する膣口をクチュクチュ掻き回し、味わいながらゆっくりとクリトリスまで舐め上げていった。

「アアッ……！」

亜矢子がビクッと顔を仰《の》け反《ぞ》らせて喘ぎ、内腿でキュッときつく彼の両頬を挟み付けてきた。

舐めながら見上げると、白い下腹がヒクヒクと波打ち、巨乳の間から色っぽく仰け反る顔が見えた。

やはり相当に飢えているのか、感じやすく、未熟な愛撫《あいぶ》にも十二分に反応してくれていた。

丈太はクリトリスに吸い付いては、大量に溢れる愛液をすすり、淡い酸味のヌメリを味わって、さらに膣口に指を押し込み、内壁を摩擦《まさつ》し、天井のGスポットも刺激してやった。

古女房の由美にすら、こんな愛撫はしていない。というより、もうこの十年ばかり性的な接触はしていなかったのだ。

すると亜矢子が、いきなりガクガクと狂おしい痙攣《けいれん》を起こしはじめた。

「ダメ、いっちゃう、離れて、アアーッ……！」

身を弓なりに反らせて喘ぎ、どうやら舌と指の刺激でオルガスムスに達してしまったらしい。

あまりに大きな声で、他の社員に聞こえるのではと心配になるほどだった。

まあ、まだ昼休み中だし、他の階に聞こえることもないので亜矢子も激しく喘いだのだろう。

丈太は、味と匂いを堪能《たんのう》し尽くすと舌を引っ込めて顔を上げ、膣口からヌルッと指を引き抜いた。愛液は白っぽく攪拌《かくはん》され、指の腹は湯上がりのようにふやけてシワになっていた。

「アア……、離れてって言ったのに……」

亜矢子が、いつまでも身をくねらせて詰《なじ》るように言う。やはり挿入で一つになって、存分に果てたかったのだろう。

丈太が添い寝していくと亜矢子がノロノロと手を伸ばし、彼の強《こわ》ばりに触れてきた。

やんわりと手のひらに包み込み、ニギニギと愛撫しながら、

「硬いわ……」

彼女は言って顔を移動させていった。

「さあ、もっと脚を開いて」

亜矢子が言い、丈太も羞恥に息を弾ませながら大股開きになった。

彼女は腹這《はらば》い、白い顔を股間に迫らせた。

そしてまずは陰嚢《いんのう》を舐め回し、二つの睾丸《こうがん》を舌で転がしてくれた。

「アア……」

丈太はゾクゾクするような妖しい快感に喘ぎ、股間に美女の熱い息を受け止めながら、ペニス以外も感じることを新鮮な思いで味わった。

時にチュッと睾丸を吸われると、

「あう」

急所だけに、彼は思わず呻いて腰を浮かせた。

やがて亜矢子が前進し、とうとう屹立《きつりつ》した肉棒の裏側をゆっくり舐め上げてきたのだ。

先端まで来ると彼女は震える幹《みき》にそっと指を添え、粘液の滲《にじ》む尿道口をチロチロと舐め回してくれた。

「く……」

丈太は息を詰め、懸命に暴発を堪《こら》えた。

「ふふ、男の子の匂い」

亜矢子が舌を引っ込めて股間から囁く。

丈太は、昨夜は入浴しただろうかと気になったが、何しろ三十六年前のことだから覚えていない。大学時代からのアパート暮らしだった当時、入浴は一日置きか二日置きぐらいだったと記憶しているが、匂って嫌だったら亜矢子もしゃぶってくれないだろう。

さらに亜矢子は張り詰めた亀頭にしゃぶり付き、そのままスッポリと喉《のど》の奥まで呑み込んでくれた。

「アア……」

丈太は快感に喘ぎ、懸命に肛門を引き締めて絶頂を堪えた。

亜矢子は舌で果ててしまったが、自分は許されないだろう。何しろ彼女は挿入を望んでいるだろうし、社長の口を汚してしまうのも畏《おそ》れ多い。

彼女は深々と含むと、幹を口で丸く締め付けて吸い、熱い鼻息で恥毛をそよがせながら、口の中ではクチュクチュと満遍《まんべん》なく舌をからめてくれた。

たちまち彼自身は美女の温かく清らかな唾液にまみれ、いよいよ絶頂を迫らせてヒクヒクと脈打《みやくう》った。

「い、いきそう……」

彼が息を詰めて言うと、すぐに亜矢子もスポンと口を引き離してくれた。

「いい？　なるべく我慢するのよ」

言うなり前進して跨《また》がり、幹に指を添えると、自らの唾液に濡れた先端に割れ目を押し当ててきた。

やがて位置を定めた彼女は息を詰め、ゆっくり腰を沈み込ませていった。

たちまち、屹立したペニスはヌルヌルッと滑らかな肉襞の摩擦を受け、根元まで呑み込まれてしまった。

「アア、いいわ、奥まで感じる……」

完全に座り込むと、亜矢子が顔を仰け反らせて喘ぎ、密着した股間をグリグリと擦り付けた。

膣内は若い無垢なペニスを味わうようにキュッキュッと締まり、やがて彼女は覆《おお》いかぶさるように身を重ねてきた。

巨乳が胸に押し付けられて弾むと、丈太も下から両手を回してしがみつき、温もりと感触を味わった。

「膝を立てて。動いて抜けるといけないから」

亜矢子が、初体験の彼に指示してきた。

丈太も両膝を立て、豊満な尻を支えた。

亜矢子は徐々に腰を動かしはじめ、彼の肩に腕を回しながら熱烈に唇を重ねてきた。丈太も舌をからめ、必死に暴発を堪えながら動きを合わせ、少しずつズンズンと股間を突き上げはじめていった。

「アア、いいわ……」

亜矢子が口を離して熱く喘ぎ、収縮と潤いが増していった。

4

「い、いっちゃう……」

摩擦と締め付けの中で、丈太はどうにも我慢できなくなって口走った。

「まだダメ、もう少し……」

亜矢子は絶頂の波が迫るのを待って言ったが、快感で腰の動きは止まらず、セーブできないようだった。

彼も、あまりの快感と、美女の吐き出す甘い息の匂いに高まり、とうとう大きな絶頂の快感に全身を貫《つらぬ》かれてしまった。

「い、いく……！」

口走りながら激しく股間を突き上げ、彼はありったけの熱いザーメンをドクンドクンと勢いよくほとばしらせた。

「あ、熱いわ、すごい、もっと……、アアーッ……！」

すると噴出で奥深い部分を直撃された途端、亜矢子もオルガスムスのスイッチが入ったように声を上げ、ガクガクと狂おしい痙攣を開始したのだった。

どうやら、辛うじて絶頂が一致したようだ。

さらに収縮と締め付けが強まり、ザーメンを吸い取るような蠢きが繰り返された。まるで歯のない口に含まれ、舌鼓《したつづみ》でも打たれているような快感である。

丈太は心ゆくまで味わい、最後の一滴まで出し尽くしていった。

そして徐々に突き上げを弱めていくと、

「アア……」

亜矢子も満足げに声を洩《も》らし、熟れ肌の強ばりを解きながらグッタリと力を抜いてもたれかかってきた。

互いの動きが完全に止まっても、まだ膣内は名残惜しげな収縮が繰り返され、キュッキュッと締め付けられるたび駄目押しの快感に幹が内部でピクンと過敏に跳ね上がった。

「あう、もう暴れないで」

亜矢子も敏感になっているように呻き、幹の震えを抑えるようにキュッときつく締め上げてきた。

丈太は美熟女の重みと温もりを受け止め、悩ましく甘い吐息を間近に嗅ぎながら、うっとりと快感の余韻《よいん》に浸《ひた》り込《こ》んでいった。

「すごく良かったわ。初めてなのに、よく最後まで我慢したわね」

亜矢子が熱い息を弾ませて褒《ほ》めてくれ、やがて互いに呼吸を整えると、そろそろと股間を引き離した。

「あ、中に出しちゃったけど平気ですか……」

「ええ、大丈夫よ、今日は安全日だから」

激情が過ぎ去ると急に気になって訊いたが、亜矢子の答えに安心した。

「じゃ、シャワー浴びましょうね」

亜矢子が身を起こしたので、ティッシュでの処理は省略して、彼もベッドを下りた。

一緒にユニットバスに入ってシャワーを浴びると、湯に濡れた熟れ肌にまたムクムクと回復しそうになってしまった。

しかし午後も仕事があるので、二人は身体を拭《ふ》いて身繕《みづくろ》いをした。

「おなか空いたわね。お昼まだなのでしょう?」

「ええ、そういえば」

「じゃ、出ましょう。総務部長には言っておくから」

彼女が言って総務部に電話すると、一緒に社長室を出てエレベーターに乗り、社屋を出た。

　そして亜矢子は近くにある洋食屋に彼を誘った。

　そろそろ昼休みも終わるので、入れ替わりに店を出る社員が慌てて亜矢子に頭を下げていた。

　懐《なつ》かしい昭和の洋食屋で当時は何度か丈太も通った店だが、未来では平成《へいせい》の終わり頃に閉店していた。

　一緒にハンバーグ定食を頼んだが、当時はまだ店内でみな当然のように喫煙していた。

　丈太も当時は吸っていたが、いずれ未来で喫煙者が虐《しいた》げられるのを知っているので、この二度目の人生では吸わないことに決めた。

　やがて丈太は亜矢子と差し向かいで、遅めの昼食を摂《と》ったのだった。

　亜矢子の頭の中は、すでに未来のことでいっぱいらしく、何かと丈太に訊いてきた。

　そして二人で食事を済ませると社屋へ戻った。

「滝川！　何してたんだ。もうとっくに昼休みは終わってるぞ！」

　丈太が総務部のオフィスに戻るなり、係長の根津満男《ねづみつお》が怒鳴りつけてきた。

　どうやら亜矢子から連絡を受けていた部長は不在で、根津には伝わっていなかったようだ。

丈太より五歳上で二十八歳の根津係長は実に嫌な奴で、上にへつらい部下を苛《いじ》めるタイプで皆から嫌われていた。名前と出っ歯から、誰もが心の中でネズミ男と呼んでいた。

オフィスの隅には新入社員の森山《もりやま》由美が、心配そうに丈太を見ていた。そう、未来の妻である。大学を出たての二十二歳、さすがに見慣れた古女房とは違い、若くて可憐《かれん》だった。

「済みません。すぐ仕事にかかりますので」

丈太が言うと、根津が眉毛《まゆげ》を段違いにして睨《にら》み付《つ》けてきた。

「仕事サボって済みませんじゃ済まねえんだよ！」

根津が執拗《しつよう》に怒鳴ると、そのとき亜矢子も入ってきてくれた。

「私が彼を呼び出していたんだけど悪かったかしら」

「しゃ、社長……！」

言われた根津は目を真ん丸にさせ、ピンと直立不動になって硬直した。

颯爽たる美女の新社長は、やはり係長からしても雲の上の人である。

「今後も、滝川君を何かと私が呼び出すから承知しておいて」

「わ、分かりました……」

根津は答え、出てゆく亜矢子に最敬礼し、丈太も自分のデスクに着いた。

しかし、まだ根津は丈太に言い寄ってきた。

「どうして社長と親しくなったんだよ。あ、もしや看板の落下から社長を助けたのは、お前か……？」

根津が言う。どうやら強風で看板が落ち、亜矢子が間一髪で助かったことは、すでに社員たちに広まっていたようだ。

「畜生、うまくやりやがったな。それで、社長とどんな話をしていたんだ」

「いえ、極秘プロジェクトなので言えません」

「何だと？　係長を差し置いてヒラのお前が」

と、根津が言ったとき部長が帰ってきたので、彼もそそくさと自分のデスクに戻った。こんな大したことない係長が、どうして当時は恐かったのだろうと丈太は思った。

まあ今は五十九歳の心を持っているから、三十前のダメ係長ぐらいで緊張も湧《わ》かなかった。

やがて定時まで仕事をして退社し、丈太は電車を乗り継いで道に迷うことなくアパートに帰った。

（懐かしいな……）

丈太はかつて住んでいた部屋を見回して思った。六畳一間に狭いキッチン、バストイレに押し入れ。万年床《まんねんどこ》に机と本棚と小型テレビ、あとは小さな冷蔵庫と食器があるだけだった。

大学四年間と、就職してから二年近く住んだ。そう、確か今年の秋にはもう少し広いハイツに移るのだ。丈太の実家は湘南《しようなん》で、親は市役所勤めで彼は一人っ子。

湘南に帰れば、まだ若い両親がいるのだろう。その両親は、丈太が定年間近になっても健在である。

日記のようなものは付けていないので、昨日までどんな暮らしをし、どんな思いでいたか記憶にないが、まあ毎日似たような日々の繰り返しだった。

まだ電話は引いておらず新聞も取っていないが、テレビ番組の雑誌があったので開くと、『北斗《ほくと》の拳《けん》』『ひょうきん族』『スケバン刑事《デカ》』などの番組が記されていた。

彼はテレビを点《つ》けてニュースを見ながら、野菜炒めと冷や飯で夕食にした。

二ヶ月後には国鉄《こくてつ》がJRになり、ゴクミが国民的美少女と呼ばれている。情報を得るうち徐々に丈太はこの時代の空気を摑《つか》みはじめたのだった。

5

「おはようございます」

翌朝、丈太は軽く朝食を済ませるとシャワーを浴びて出勤した。

目覚めても三十六年前のままなので、やはり夢ではなく、彼は若い肉体と未来の記憶を持ったまま、この時代で生きてゆくことになりそうだ。

すると誰よりも早く出勤していた新人の由美、つまり未来の妻がお茶を淹《い》れてくれた。

「有難う」

「本当に社長を助けたんですね。評判になってます」

由美が、可憐な笑窪《えくぼ》を浮かべて言う。あまりの初々《ういうい》しさに丈太は思わず勃起してしまったが、結婚は四年後だ。

あまり早く手を出してしまうと、長女が早く生まれてしまい、未来が変わってしまうだろう。

（まだ処女なんだろうな）

彼は未来の妻を見て思った。女子高と女子大出で、由美はまだ誰とも付き合っていない時期だろう。

少し話したかったが、間もなく他の社員や根津などが入ってきたので、由美は急いで給湯室へ行った。

男性社員は、席に着くとごく普通に煙草《たばこ》に火を点《つ》けていた。換気扇はあるが紫煙《しえん》が立ち籠め、丈太は特に嫌ではなく懐かしい匂いだと思った。これも昭和の匂いなのだろう。

そこへ部長が入ってきて、一同が朝の挨拶《あいさつ》をした。

「ああ、滝川君は社長室へ行ってくれ」

「分かりました。では」

「根津君、滝川君は新プロジェクトに参加するので、彼の仕事の分は君に任せるから頼む」

「は、はあ……」

言われて根津はくわえ煙草で呆然《ぼうぜん》と返事をし、やがてオフィスを出てゆく丈太の背を睨み付けた。

丈太はいそいそと最上階の社長室に向かったが、まさか朝一番から淫《みだ》らなことにはならないだろうと思いつつ、少しだけ期待してしまった。

当時は毎晩寝しなにオナニーするのが習慣になっていた丈太だが、昨夜はあまりに素晴らしい初体験をしたのだし、さらに今日も良いことがあるかも知れないと、抜かずに寝たのである。

そして今朝、ピンピンの朝立ちを見て、本当に若返ったのだと実感した。髪の毛もあるし、下腹も出ておらず全身が軽い。

学生時代はスポーツなど苦手だったが、五十過ぎてからカルチャーセンターで合気道《あいきどう》を習いはじめ、五十九歳の今では三段の実力を持っていた。その技を若い肉体と力で使えば、さらに研《と》ぎ澄《す》まされるだろう。

やがて社長室に入って挨拶すると、今日も艶やかな亜矢子が迎えてくれた。

「昨日打ち込んでくれたデータを、さらに詳しく聞きたいわ。その他にも、先のことで分かることがあれば教えて」

亜矢子が言い、デスクのワープロを起動させた。

社長の椅子を空けてくれたので、丈太は畏れ多い気持ちで座り、昨日入れたデータを確認した。

「オフィスには、少しずつ通信用のパソコンを導入して下さい。ワープロでは文章を打つだけですので」

丈太は言った。そろそろパソコンも安価になってきているし、メール通信を早く導入した会社ほど、その後伸びているのを知っている。

「分かった。早急に手配するわ」

「他社との連絡も、まだ郵送が主流なのでファクシミリを多用すると時間の短縮になります」

丈太は思い付く限りのことを言いながら、新たな情報や今後発展する機器をキーボードに打ち込んだ。

「そんなに速く打てる人がいるのに、一年近くも気づかなかったなんて、部長は何を見ていたのかしら」

横に椅子を引き寄せ、一緒に画面を覗きながら亜矢子が言った。

「滝川君みたいな優秀な社員がいたのに、幹部連中は見る目がないわね」

ワープロ画面を見ながら亜矢子が、ふんわりと甘い匂いを漂わせて丈太に言った。まあ、それは幹部連中が気の毒だろう。一昨日までの丈太は、目立たないごく平凡で平均的な若手社員に過ぎなかったのだ。

「携帯電話？　誰もが一台持って、そんなに話すことがあるのかしら」

と、亜矢子が画面を見て言った。

「会話というよりメールですね。写真も撮れて画像が送れるし、世界中とネットで繋《つな》がります」

「そう……、よく分からないけど、予知夢の世界というより、何だか未来から来た人みたいね」

亜矢子が、いきなり本質に迫ったことを言った。

さらに、横からピッタリと身体を押し付けてきたのである。

甘い匂いと熟れ肌の温もりに、徐々に丈太は勃起してきてしまった。

「ね、今日は出かける用事があるけど、少しなら時間があるわ」

亜矢子が、仕事の口調ではなく甘いトーンで彼の耳元に囁いた。

（ああ、やっぱり欲求を溜めて、この展開に……）

丈太は期待していたことが起こり、激しく勃起してしまった。彼もその気になり、そのまま亜矢子にしなだれかかると、

「すごいわ、もうこんなに勃《た》ってる……」

彼女がズボンの上から強ばりに触れ、ニギニギと愛撫しながらピッタリと唇を

重ねてきた。

滑らかに舌がからまり、すっかり馴染《なじ》んだ白粉臭の吐息が悩ましく彼の鼻腔を刺激した。

「ンン……」

亜矢子は熱く鼻を鳴らし、執拗に舌を蠢かせながら、手探りで彼の股間のファスナーを下ろし、奥からペニスを引っ張り出そうとしたが、ブリーフもあるし勃起しているのでなかなか出てこない。

「い、いたたた……」

彼が口を離して言うと、

「ごめんなさい。自分で出して」

亜矢子が言うので、彼はいったん腰を浮かせてベルトを外し、下着ごとズボンを膝まで下ろしてしまった。すると亜矢子が、何とデスクの下に潜り込むようにして膝を突き、露出したペニスに顔を寄せてきたのである。

「嬉《うれ》しいわ、こんなに大きくなって……」

彼女が、両手で幹を押し包むように支えて言った。

そんなに私が好きなのか、と自分の美貌を誇るニュアンスも感じられたが、丈太はたちまち激しい興奮に包まれた。

亜矢子も、チロチロと先端に舌を這わせ、やがて張り詰めた亀頭にしゃぶり付いてきた。

「ああ……」

丈太は激しい快感に熱く喘いだ。肉体に感じる快感以上に、社長の椅子にふんぞり返り、跪《ひざまず》いた美貌の社長にしゃぶってもらっているという状況が信じられなかった。

亜矢子は深々と含んで吸い付き、股間に熱い息を籠もらせながら舌をからめ、たまに彼の反応を見るようにチラと目を上げた。

「ま、待って、いきそう。早く入れたい……」

すっかり高まった丈太が言うと、

「ダメよ、大事な商談に出かけるから、入れたら力が抜けてしまうわ。だから飲んであげる。仕事の前に若いエキスが欲しいの」

亜矢子が答え、再びしゃぶり付いた。

丈太は、飲んであげるという彼女の言葉だけで暴発しそうになってしまった。

新婚時代の由美でさえ、口内発射など数えるほどしかさせてくれなかったのだった。

「そ、それならせめて、少しだけでも舐めたい……」

丈太が言うと、亜矢子は彼のペニスからスポンと口を引き離し、

「仕様がないわね。少しだけよ」

やはり彼女も舐めているうちに興奮が高まったか、身を起こしながら言った。

そしてタイトスカートの裾《すそ》をめくり、手早くパンストとショーツを脱ぎ去り、ワープロを端に寄せるとデスクの上に腰を下ろしたのである。

脚をM字に開くと、椅子に掛けている丈太の目の前に、朝の陽射しを浴びた美熟女の股間が迫った。

「アア、恥ずかしい……」

亜矢子が息を弾ませ、白くムッチリした内腿を震わせた。丈太が椅子を進めて顔を寄せると、すでに割れ目は大量の愛液に潤い、蒸れた熱気が顔中を包み込んできた。

恥毛の丘に鼻を埋めると、甘ったるい汗の匂いが悩ましく鼻腔を掻き回した。

彼女は丈太のような朝シャワーではなく、昨夜入浴したきりのようだ。

彼は美熟女の匂いでうっとりと胸を満たし、舌を挿し入れて息づく膣口を舐め

回した。淡い酸味の潤いが舌の動きを滑らかにさせ、彼はゆっくりクリトリスまで舐め上げていった。

「アアッ……、も、もういいでしょう……？」

亜矢子が激しく喘ぎながらも、後ろに手を突いて股間を突き出してきた。

「もう少しだけ」

丈太は股間から答え、チロチロとクリトリスを舐めては、新たに溢れるヌメリをすすった。しかも昨日のような全裸ではなく、着衣のまま互いに肝心な部分だけ露《あら》わにしているのが興奮をそそった。

さらに彼は白く豊満な尻の谷間にも潜り込み、谷間にひっそり閉じられたピンクの蕾《つぼみ》にも鼻を埋め、蒸れた微香を貪《むさぼ》ってから舌を這わせていった。

「あう、そこダメ……！」

顔中を双丘《そうきゅう》に密着させながら、ヌルッと舌を潜り込ませて滑らかな粘膜を探ると、亜矢子が呻き、とうとう彼の顔を股間から引き離してしまった。

「いけない子ね、あんなところを舐めるなんて……」

ハアハア息を弾ませてデスクから下りると、彼女は再びデスクの下に潜り込んでペニスに顔を迫らせた。

やはり、いくら心地よくても、さすがに社長らしく、これから仕事だという意識の方が強く、愛撫されるより若いエキスの吸収を優先させたようだった。

再び含まれると、丈太も快楽に専念し、残り香を味わいながら温かく濡れた美女の口腔で幹を震わせた。

「ンン……」

亜矢子も小さく呻きながら顔を前後させ、濡れた唇でスポスポとリズミカルな摩擦を開始してくれた。

熱い鼻息が恥毛をくすぐり、唾液の潤いがクチュクチュと淫らに湿った摩擦音を響かせた。

まさか今ビルにいる社員一同、社長室で美人社長が平社員のペニスをしゃぶっているなど、誰も夢にも思わないだろう。

摩擦のリズムが彼の高まりと一致し、たちまち丈太は激しく絶頂を迫らせた。

だが、本当に美女の口を汚して良いのだろうか。

そんなためらいも、亜矢子の貪欲《どんよく》な愛撫に掻き消されていった。

そう、彼女の口を汚すのではなく、彼女の意思でザーメンを吸い取ろうとしているのだ。

そう思った途端、彼は全身で快楽を受け止め、あっという間に大きな絶頂の快感に貫かれてしまった。

「い、いく……！」

昇り詰めた丈太は口走り、溶けてしまいそうな快感とともに、ドクンドクンと熱い大量のザーメンを勢いよくほとばしらせた。

「ク……、ンン……！」

噴出で喉の奥を直撃された亜矢子が小さく呻き、微かに眉をひそめたが、なおも摩擦と吸引、舌の蠢きは続行してくれた。

「ああ、気持ちいい……」

丈太は快感に身をよじりながら、心置《こころお》きなく美人社長の口の中に最後の一滴まで出し尽くしてしまった。

すっかり満足しながらグッタリと力を抜いていくと亜矢子も動きを止め、亀頭を含んだまま口に溜まったザーメンをゴクリと飲み込んでくれたのだ。

「あう」

喉が鳴ると同時に口腔がキュッと締まり、彼は駄目押しの快感に呻いた。

ようやく亜矢子がチュパッと口を離し、なおも余りを絞《しぼ》るように指で幹をしごき、尿道口に脹《ふく》らむ白濁の雫《しずく》まで丁寧《ていねい》にペロペロと舐め取ってくれた。

「あうう、も、もういいです、有難うございました」

丈太は律儀《りちぎ》に礼を言い、射精直後で過敏になっている幹をヒクヒク震わせた。

亜矢子も舌を引っ込め、

「やっぱり若いのね。すごく多くて濃いわ」

淫らにヌラリと舌なめずりして言った。

やがて彼女が這い出して身繕いをする間、丈太は社長の椅子で息を弾ませてうっとりと余韻を味わった。

亜矢子が髪を整え、颯爽たる社長の姿に戻ると、ようやく彼も呼吸を整え、立ち上がって下着とズボンを穿《は》いた。いつまでも自分だけ下半身を丸出しにしているわけにいかない。

「じゃ、私は出かけるから、総務に戻って」

「はい」

すっかり社長の表情になった亜矢子に返事をし、一緒に社長室を出た。

やはり亜矢子も三代目就任以来緊張し、社を大きくしようと懸命になっているのだ。

そんな中で、丈太の先見性《せんけんせい》は喉から手が出るほど彼女は欲しく、しかも快楽というオアシスも見つけたのだろう。

亜矢子は出てゆき、丈太は総務のオフィスに戻った。部長がいるので、特に根津係長は何も言ってこなかった。

根津は妻子持ちだが無類の女好きで、もちろん亜矢子には憧れを寄せ、新人の可憐な由美にも色目を使っていた。

そういえば平成の終わり頃、根津はセクハラ問題で依願退職していたのを思い出した。

度が過ぎた接触行為も、この頃から芽生《めば》えていたのだろう。

ただ当時の丈太は必死に仕事を覚えながらも根津を煙《けむ》たく思い、セクハラ行為などには気づいていなかったのだった。

やがて昼になると丈太は懐かしい同僚たちと昼食に出たが、彼らも自分の仕事に懸命だから、特に丈太と社長の繋がりを詮索《せんさく》してくるものはいなかった。

そして午後の仕事を終えると、みな社員たちは帰っていった。

由美を夕食にでも誘いたかったが、いずれ四年後には結婚できるのだから慌てることはない。

すると、帰り支度をしている丈太に声を掛けてきた女子社員がいた。

「あの、良ければお話をしたいのだけど」

小声で言ったのは、二十九歳になる独身の立原美鈴《たちはらみすず》である。メガネを掛け、色白でソバカスのある地味な人だ。

面食いの根津などは、暗そうな美鈴には興味ないようだが、丈太は前から、この図書委員のような雰囲気のある美鈴には憧れを寄せていた。

「ええ、良ければ夕食でもいかがでしょう」

丈太が答えると美鈴は頷いた。同僚の異性との食事は初めてで、一緒に社屋を出ると、近くにあるレストランに入ったのだった。

第二章　ＯＬの淫ら好奇心

1

「それで、話というのは？」

丈太はレストランで美鈴と差し向かいに座り、料理を注文するとビールで乾杯してから訊いた。

「ええ、滝川さん、急に変わったから」

美鈴が、メガネのレンズ越しに切れ長の目を向けて小さく言った。

物静かで知的な彼女は、丈太の僅《わず》かな変化を見抜いていたようで、それが気になっていたらしい。

「僕、変わりました？」

「ええ、すごく。急に物腰《ものごし》が落ち着いて貫禄《かんろく》が出て、係長に叱《しか》られても全く動じていなかったわ。何だか若手じゃなく、部長クラスにでもなったみたいに」

美鈴が言う。

確かに丈太は、見た目は二十三歳だが、中身は五十九歳の定年間近な大ベテランなのである。

「入社して二年近くになりますから、少し落ち着いてきたんだと思いますよ」

「ううん、急に社長と懇意《こんい》になって、何か秘密のプロジェクトに関わっているようだけど、何があったのかしらと思って」

美鈴が言い、料理が運ばれてきたので丈太は食べはじめながら答えた。

「それは、突風で落ちてきた看板から社長を助けたので目をかけられたんです。プロジェクトのことは極秘なので我慢して下さいね」

「そう……」

言うと美鈴も小さく答え、視線を落として食事を始めた。

確か丈太の記憶では、三十歳目前の美鈴は国許《くにもと》で見合いをし、あと一、二年後には退社することになっているはずだ。

この清楚《せいそ》で真面目そうなメガネ美女の面影でも、かつての丈太は何度か妄想オナニーでお世話になっていたから、退社を残念に思った記憶がある。

そして美鈴もまた、六歳年下の丈太を何かと気にかけてくれ、何度となく根津係長の叱責《しっせき》から守ってくれたことがあった。

あるいは好意を持たれていて、それで年中観察しているから彼の変化に気づいたのではないだろうか。

やがてビールからワインに替え、あとは丈太の変化のことは口にせず、美鈴も当《あ》たり障《さわ》りない会話を交わした。

思った通り美鈴はずっと図書委員で、大学では文芸サークルに入っていたらしい。入社七年で、特に彼氏はいないようだった。

食事を終えてワインを飲み干すと、二人は店を出ることにした。思わず年上の感覚で二人分払おうとしたら、

「ダメよ、私が後輩を誘ったのだから」

美鈴が言って会計を済ませてくれた。

店を出ると、いきなり美鈴がフラついて彼にもたれかかってきた。

あるいはアルコールが弱いのに、先輩として無理していたのかも知れない。

それに彼女が男性社員と食事したという話など聞いたこともなかったから、相当に緊張していたのではないだろうか。

「大丈夫ですか」

「ええ、少し休ませて」

支えながら言って一緒に歩くと、彼女は答え、駅裏へと進んでいった。

そこにはラブホテルがあった。もちろん丈太は入ったこともないが、急激に興奮が高まり、絶好のチャンスだと思った。

「そこに入りますか？」

囁くと、美鈴も小さく頷き、ためらいなく一緒に入ってくれたのである。

前の人生では有り得ない展開である。こんなに上手《うま》くいくのなら、一度目の人生でも積極的に美鈴を誘えば良かったと思った。そうすれば、味気ない風俗で初体験を終えずに済んだのである。

丈太も緊張しながら空室のパネルを見てボタンを押し、フロントでキイを受け取ったのだった。エレベーターで三階に上がり、部屋に入ってロックすると二人きりの密室となった。

（割りに狭いんだな……）

丈太はダブルベッドと小さなテーブル、ソファと冷蔵庫のある室内を見て思った。昭和六十二年で、もう鏡張りの回転ベッドなどは流行《はや》らなくなっている頃のようだ。

「じゃ、休んでいて下さいね」

丈太は、俯《うつむ》いている美鈴をソファに座らせて言い、自分は脱衣所で手早く全裸になり、バスルームに入った。タイル張りで、お湯と水を調節して蛇口から出すタイプだ。

まあ冬だが気が急《せ》いているので、湯に浸からずシャワーで良いだろう。

彼は湯を出し、急いで歯を磨きながら腋や股間を洗い流した。

もちろん期待に勃起しているが、苦労して放尿まで済ませ、全身さっぱりして身体を拭いた。

腰にバスタオルを巻き、脱いだ服を抱えて恐る恐る部屋に戻ると、何と照明が薄暗くなり、美鈴はソファでなくベッドに横になっていた。しかもソファには、脱いだものがきちんと置かれているではないか。

どうやら彼女もその気だったらしく、すでに全裸になっているようだ。酔ったふりをしていたのかも知れないが、入れ替わりにシャワーを浴びようともせず、相当に待ち切れなくなっているのだろう。

丈太も服を置いて腰のタオルを外すと、そっと布団をめくって彼女の隣に滑り込んでいった。

やはり美鈴は一糸《いっし》まとわぬ姿で、

「アア……」

感極《かんきわ》まったように声を洩らすなり、激しく彼に抱きついてきた。

しかも上からのしかかり、ピッタリと唇を重ねてきたのである。

（うわ……）

地味で大人しげと思っていた美鈴の大胆な行為に、丈太は圧倒されながら、潜り込んでくる舌を舐め回した。

彼女の舌も執拗に蠢き、熱い息に鼻腔が湿った。

しかも美鈴は舌をからめながら、彼の強ばりにも指を這わせてきたのだ。

「嬉《うれ》しい、こんなに勃《た》って」

淫らに唾液の糸を引いて唇を離すと、美鈴が甘く囁いて幹をニギニギと愛撫した。社内では大人しいふりをしていたのか、あるいはアルコールが彼女を大胆にしているのか、よく分からなかったが、言葉など要らず欲望をぶつけ合えるのは丈太も嬉しかった。

メガネを外した美鈴の顔を見るのは初めてだが、実に目鼻立ちの整った美形ではないか。

コンタクトにしてメイクすれば、とびきりの美女なのに、日頃はスッピンという逆の仮面をかぶって、良い男を見極めていたのかも知れない。

熱く湿り気ある吐息はワインの香気に混じり、花粉のような甘い刺激が含まれて丈太の鼻腔を悩ましく掻き回してきた。

「いいわ、何でも好きにして……」

美鈴が言い、仰向けの受け身体勢になったので、彼も布団を剝《は》いで肢体《したい》を見下ろした。胸元にも頰と同じように細かなソバカスがあり、息づく乳房は亜矢子ほど巨乳ではないが、実に形が良かった。

堪らずに顔を埋め込み、柔らかな膨らみを味わいながら乳首を含んで吸い、チロチロと舌で転がした。

「アア、いい気持ち……」

美鈴がすぐにも熱く喘ぎ、クネクネと悶《もだ》えながら彼の顔を胸に掻き抱いた。

相当に感じやすそうで、揺らめく体臭も甘ったるく彼の鼻腔を満たしてきた。

処女ということはないだろうが、かなり彼氏いない歴が長そうな、激しい感じ方だった。

丈太は念入りに、左右の乳首を交互に舐め回した。

「ああ、もっと……！」

美鈴は少しもじっとしていられないように狂おしく悶え、丈太も夢中で乳首を愛撫した。

そして彼女の腕を差し上げ、ジットリ湿った腋の下にも鼻を埋め込むと、何とそこには柔らかな腋毛《わきげ》が煙《けむ》っていたのだ。

(うわ、昭和だ……)

丈太は感激しながら鼻を擦りつけ、ミルクとレモンを混ぜたような汗の匂いに噎《む》せ返《かえ》った。

手入れしていないのが彼氏のいない証しか、あるいはスッピンのように、自然のままで過ごすのが彼女のポリシーなのかも知れない。彼は胸いっぱいに美女の体臭を嗅いで、白く滑らかな肌を舐め下りていった。

2

例により、股間を最後にして脚を舌でたどると、脛《すね》にもまばらな体毛があり、これも昭和らしい野趣《やしゅ》溢れる魅力に映った。

爪先にしゃぶり付くと、

「あう、ダメよ、汚いから」

美鈴は子供の悪戯《いたずら》でも叱るように言い、それでも拒むことはしなかった。

丈太は両足とも、蒸れた匂いと味を堪能してから彼女を大股開きにさせ、脚の内側を舐め上げ、白くムッチリした内腿をたどって熱気の籠もる股間に迫った。

腋も脛も体毛が薄い方なので、丘の茂みも実に楚々《そそ》としていた。

しかし割れ目からはみ出した花びらは、ネットリと大量の蜜に潤っていた。

指で陰唇《いんしん》を広げると、息づく膣口からは白っぽく濁《にご》った本気汁《ほんきじる》が溢れ、何とクリトリスは親指の先ほどもある大きなものだった。

やはり清楚な外見とは違い、股間だけは、見てみなければ分からないものだと思った。

丈太は、この大きめのクリトリスが、彼女の大胆な欲望の源《みなもと》のような気がし、ピンクの光沢ある突起に吸い付いていった。

柔らかな茂みには、一日中働いていた汗の匂いが濃厚に蒸れて籠もり、彼は鼻腔を刺激されながら舌を這わせた。

「アア、いいわ。そこ、もっと……！」

美鈴が内腿でキュッときつく丈太の顔を挟み付けて言い、さらに両手で彼の髪を撫で回した。

まるで、本当に男の顔が股間にあるのを確かめるような触れ方だったが、次第に両手でグイグイと押し付け、股間も擦り付けるように突き上げてきた。

丈太は悩ましい匂いに噎せ返りながら懸命にクリトリスを吸っては、トロトロと大量に溢れてくる愛液を舐め取った。

「い、いきそうよ、お願い、入れて……！」

やがて美鈴が激しく顔を仰け反らせて口走り、両手を離して内腿を緩《ゆる》めた。

丈太も身を起こして股間を進め、幹に指を添えて先端を割れ目に擦り付けた。そして充分にヌメリを与えてから、感触を味わうようにゆっくり膣口へ挿入していくと、

「アアッ、すごいわ……」

美鈴が身を弓なりに反らせて喘いだ。

彼自身は、ヌルヌルッと滑らかに根元まで吸い込まれ、熱いほどの温もりときつい締め付けに包まれた。股間を密着させて彼が身を重ねると、美鈴は下から激しく両手でしがみついてきた。

「突いて、強く何度も奥まで……！」

後輩をリードするように言い、彼女もズンズンと股間を突き上げはじめた。

丈太も快感に高まってきたが、ここで果てる気はなかった。

若い肉体は何度でも出来るだろうが、あまりに美鈴が激しく感じているので圧倒され、まだ彼は果てるのが惜しかったのだ。それに、まだおしゃぶりもしてもらっていないし、多少の我慢もきくことだろう。

「い、いく、アアーッ！」

たちまち美鈴が声を上ずらせ、収縮と潤いを増しながら、ガクガクと狂おしい痙攣を開始した。

激しいオルガスムスの嵐の中でも、何とか丈太は保《も》つことが出来た。

だいぶ、若い肉体をコントロールできるようになってきたようだ。

「ああ、良かったわ……」

すっかり満足したように美鈴が言い、肌の硬直を解いてグッタリと身を投げ出した。

丈太も動きを止め、そのまま重なっていたが、

「まだ硬いままだわ。いってないの……？」

美鈴が、キュッキュッと余韻を味わうように締め付けながら荒い息で囁いた。

「ええ、まだ勿体《もったい》なかったから」

「そう、じゃ今度は私がお口でしてあげるわね」

呼吸を整えながら言うので、丈太もそろそろと引き抜いて添い寝していった。

すると美鈴もすぐに起きて彼の股間に移動し、顔を寄せてきてくれた。

「あの、これを……」

丈太は言い、枕元に置かれていたメガネを彼女に渡した。

「かけてほしいの?」

「ええ、普段見ている顔が好きなので」

「いいわ、その方が良く見えるし」

美鈴は受け取ってメガネを掛け、あらためて幹に指を添え、先端に舌を伸ばしてきた。

そして自らの愛液にまみれているのも構わず、粘液の滲む尿道口をチロチロと舐め回し、股間に熱い息を籠もらせながら、スッポリと喉の奥まで呑み込んでいった。

「ああ、気持ちいい……」

丈太も受け身になって喘ぎ、メガネ美女の口の中で舌に翻弄《ほんろう》されながら、ヒクヒクと幹を震わせた。

「ンン……」

美鈴も熱く鼻を鳴らし、顔をリズミカルに上下させて、濡れた口でスポスポと摩擦してくれた。

彼自身は生温かな唾液にまみれ、いよいよ絶頂が迫ってきた。

「い、いきそう……」

思わず言うと、美鈴はスポンと口を離し、

「もう一度入れてもいい？　さっきは早くいきすぎたから、今度はゆっくり味わいたいの」

まだまだ足りないかのように、貪欲に言った。

「ええ、上から跨《また》がって下さい」

答えると、すぐにも美鈴は前進して彼の股間に跨がり、愛液と唾液に濡れた先端に割れ目を押し付けてきた。そして息を詰め、ゆっくり腰を沈めると、たちまちペニスはヌルヌルッと再び熱く濡れた肉壺《にくつぼ》に嵌《は》まり込んでいった。

「アアッ、またすぐいきそう……」

美鈴が完全に座り込み、顔を仰け反らせて喘いだ。

そして密着した股間をグリグリと擦り付けながら、ゆっくり身を重ねてきたので、彼も両手で抱き留め、前に亜矢子に教わったように両膝を立てて蠢く尻を支えた。

彼女は上からピッタリと唇を重ねて舌をからめ、丈太の胸に柔らかな乳房を押し付けてきた。そして腰を遣いはじめると恥毛が擦れ合い、コリコリする恥骨《ちこつ》の膨らみも伝わってきた。

丈太もズンズンと股間を突き上げて動きを合わせ、メガネ美女の甘い唾液と吐息を吸収しながら高まっていった。

中出しして良いのだろうかと思ったが、相手は年上だし、さっきも果てて良いつもりだったらしいので構わないだろう。

「い、いく……!」

たちまち丈太は昇り詰め、快感に喘いだ。同時にありったけの熱いザーメンがドクンドクンと勢いよくほとばしり、

「あ、熱いわ……!」

噴出を感じた美鈴も、激しく二度目の絶頂に達していったのだった。

3

「す、すごい、アアーッ！」

美鈴が声を上ずらせ、狂おしいオルガスムスの痙攣を繰り返した。

丈太もメガネ美女の熱く甘い吐息を嗅ぎながら股間を突き上げ、心ゆくまで快感を味わった。

大量の愛液が互いの股間をビショビショにさせ、陰嚢の脇を伝い流れて彼の肛門まで生温かくまみれた。

やがて最後の一滴まで出し尽くすと、丈太は満足しながら徐々に突き上げを弱めていった。

「ああ……」

美鈴も声を洩らして力を抜き、立て続けの絶頂に精根《せいこん》尽《つ》き果《は》てたようにもたれかかってきた。

まだ膣内が収縮し、貪欲にザーメンを吸い取っているようだ。刺激されるたび、過敏になった幹が内部でヒクヒクと跳ね上がった。

そして丈太は美女の重みと温もりの中、花粉臭の吐息で胸を満たしながら、うっとり余韻に浸り込んでいった。

「すごかったわ。しばらく起き上がれないから、重いけど我慢して……」

美鈴が彼の耳元に荒い息遣いで囁き、遠慮なく体重を預けてきた。

「ね、今度はうちへ来てくれる？」

「ええ、いいですよ」

言われて、丈太もようやく呼吸を整えて答えた。

「嬉しいわ。じゃ、次の金曜の夜にでも」

彼女が言う。やはり出入りに周囲を気遣うラブホテルより、自宅の方が落ち着くのだろう。

そして自宅に招く以上、強い思いを丈太に抱いているようだった。

やがて愛液とザーメンにまみれ、満足げに萎《な》えてきたペニスがヌルッと抜け落ちてしまった。

「アア、抜けちゃったわ」

美鈴が名残惜しげに言い、ようやく気を取り直したように身を起こした。そして脱いだものを持って脱衣所に入ってゆき、彼は横たわったままシャワーの音を聞いていた。

（まさか美鈴さんと出来るとは……）

丈太は、あらためて感激に包まれながら思った。

最初の人生では女房一筋の真面目人間だったが、それでも欲望は旺盛《おうせい》で、ずっと我慢していたのだ。

だから第二の人生では、もっと奔放《ほんぽう》に生きてみようと思ったのだった。

やがて美鈴が身繕いを終えて出て来たので、彼も起きて手早く服を着た。シャワーは帰宅してからで良いだろう。

そして部屋を出ると、また美鈴がフロントで支払いを終えてくれた。

歩きながら、彼女はすっかり言葉少なになっていたが、それは羞恥と感激の余韻であり、決して後悔している様子ではなかった。

「じゃまた明日オフィスで」

「ええ、お気をつけて」

駅の改札で短く言葉を交わすと、二人は上りと下りに別れた。

アパートに戻った丈太はシャワーを浴び、トレーナーとジャージで万年床に横になった。

いつか目を覚ますと、また突然に令和《れいわ》五年の五十九歳に戻っているのではないか。そんな思いの中で、彼は間もなく睡《ねむ》りに落ちていった。

翌朝六時に丈太が目覚めると、やはりそこは三十六年前の安アパート、昭和六十二年で自分は二十三歳のままだった。

未来の記憶もシッカリ頭の中にあるが、宝くじや競馬の当たり番号などは覚えていないので、知識以外金儲けに関するメリットはない。

もちろん彼は若返っただけでも充分である。

それに社長から、特別ボーナスでも出るかも知れなかった。

やがて丈太はインスタントラーメンの朝食を終え、歯磨きとシャワーを済ませて出勤した。

「おはようございます」

オフィスに入ると、相変わらず二十二歳の可憐な未来の妻、由美が丈太に茶を淹れてくれた。

根津係長が顔をしかめて遠くから丈太を見たが、社長と懇意なので以前のようにからんでくることはなかった。そして美鈴も、昨日と同じスッピンに近い顔で出勤し、レンズ越しに熱い眼差しを丈太に向けて小さく会釈《えしゃく》した。

彼も、美鈴の肢体や匂いが甦ったが、もちろん二人とも何事もなかったかのように仕事を開始したのだった。

　やがて社長の亜矢子からすぐ来るようにとの内線が入り、丈太は根津の視線を背中に感じながらオフィスを出た。

　社長室に入ると、窓の外では先日落下した看板の取り付け工事をしていた。

「いろいろと先の計画を立ててみたの。一緒に確認して。君の言う通り、徐々に好景気の波が押し寄せているわね」

　亜矢子がファイルを開いて言う。

「ええ、でも良いのは二年ほどです」

「分かってるわ。油断しないので」

　彼女は答え、他にＯＡ機器の新製品に関する相談をし、彼も未来の傾向などを細かに教えた。

「騒がしいわね。あっちへ行きましょう」

　社長室の窓にシャッターは下りているが、ゴンドラで看板を取り付けている作業員の影が動き、ドリルの音も激しく響いていた。もう落下しないよう厳重に作業しているのだろう。

　二人は奥にある、亜矢子の私室に入ってドアを閉めると、だいぶ物音も遠ざかった。

しかしベッドのある部屋に入ると、急に丈太はソワソワしてしまい、それは亜矢子も同じようで、眼差しが熱っぽくなってきた。

「朝から射精できる？」

仕事モードから声のトーンが変わり、彼もスイッチが入ったようにムクムクと勃起してきた。

「え、ええ……」

「また飲みたいわ。何だか君の若いザーメンを飲むと力や知識が入ってくるような気がするの。前は飲むの嫌いだったのに」

亜矢子が言い、彼をベッドに誘ってきた。

やはり欲求解消にも、常に仕事を意識しているようだ。何しろ若社長として気を張っているし、丈太の助言で多くのビジョンが形になろうとしているのだ。

確かに彼女も忙しいだろうが、だからこそ淫らな一時でストレス解消したいのだろう。

「さあ脱いで。お口でしたいの」

言われて、丈太もズボンと下着を脱ぎ去り、下半身を丸出しにしてベッドに横たわった。

「社長も脱いで下さい」

「私はいいの。入れると動けなくなるから」

「ほんの少しだけでも舐めたい」

勃起した幹をヒクつかせながら言うと、亜矢子もベッドに上ってきた。

「顔に跨がって、トイレスタイルになって下さい」

仰向けのまま言うと、

「アア、恥ずかしいわ」

亜矢子は声を震わせながらも、彼の顔の左右に足を置き、スックと立ちながら裾をめくった。

そして下着ごとパンストを膝まで下ろし、本当に和式トイレスタイルでしゃがみ込んでくれたのだ。

脚がＭ字になると、白い内腿がムッチリと量感を増して張り詰め、中心部が彼の鼻先に迫ってきた。生ぬるい熱気と湿り気が丈太の顔中を包み、そっと指で陰唇を広げたが、まだ中はそれほど潤っていなかった。

彼は豊満な腰を抱き寄せ、茂みに鼻を埋めて舌を這わせていった。

「アアッ、いい気持ち……」

丈太がクリトリスを舐め回すと、たちまち亜矢子が熱く喘ぎ、急に溢れた愛液がヌラヌラと舌の動きを滑らかにさせた。

柔らかな茂みに籠もる、蒸れて甘ったるい汗の匂いも心地よく鼻腔を刺激し、彼は夢中で舌を動かしてはヌメリをすすった。

「も、もういいでしょう。今日も忙しいのだから、入れたくなったら困るわ」

亜矢子が懸命に自分を抑えながら言い、そろそろと股間を引き離して添い寝してきた。

「何だか、窓の外で働いている人がいるのに申し訳ないわね」

彼女が囁き、やんわりとペニスを手のひらで包み込みながら、ピッタリと唇を重ねてきた。

丈太も指の愛撫に幹を震わせながら、潜り込んできた舌を舐め回し、美人社長の甘い唾液と吐息を貪った。

さらに亜矢子の開いた口に鼻を押し込み、濃厚な白粉臭の吐息を胸いっぱいに嗅ぐと、もう我慢できず絶頂が迫ってきた。

「い、いきそう……」

身をよじって言うと、すぐに彼女もペニスから指を離し、移動して顔を寄せていった。

「顔に跨がって……」

言うと亜矢子も乱れたパンストと下着から片方だけ脚を抜き、女上位のシックスナインで顔に跨がってくれた。

濡れた割れ目を見上げるのと同時に股間に熱い息が籠もり、先端にチロチロと舌が這い回り、張り詰めた亀頭が含まれた。

「く……」

丈太は快感に呻き、下から再び割れ目に鼻と口を埋め、光沢あるクリトリスを舐め回した。

「ンンッ！」

すると亜矢子が呻いて、豊満な腰をくねらせた。

「ダメ、集中できないわ」

「はい、じゃ見るだけにしますね」

口を離して言う亜矢子に答え、彼も見上げるだけにした。

再び亜矢子はスッポリと肉棒を呑み込んでくれたが、彼の言葉で見られる羞恥が増したようだ。

実際、美人社長にしゃぶられながら、濡れた割れ目と尻の谷間に息づくピンクの蕾を見上げるのは、何とも贅沢《ぜいたく》な快感であった。

しかも彼の視線を意識したか、とうとう割れ目から溢れる愛液が、ツツーッと糸を引いて滴《したた》ってきたのである。

亜矢子は気を紛らすように激しく顔を上下させ、スポスポと強烈な摩擦を開始してくれた。時に強く吸い付いたかと思うとネットリと舌がからみつき、熱い鼻息が心地よく陰嚢をくすぐった。

彼もズンズンと小刻みに股間を突き上げ、唾液にまみれた幹を震わせた。

「い、いく……」

とうとう丈太は昇り詰めて口走り、大きな絶頂の快感に貫かれながら、ドクンドクンと大量のザーメンをほとばしらせてしまった。

「ク……」

熱い噴出で喉の奥を直撃され、亜矢子は呻きながらも吸引と摩擦、舌の蠢きを続行してくれた。

「あう、気持ちいい……」

丈太は身をよじりながら呻き、心置きなく最後の一滴まで、美人社長の口の中に出し尽くしていった。

彼がグッタリとなると、亜矢子も動きを止め、亀頭を含んだまま大量のザーメンをゴクリと飲み込んでくれた。口腔が締まると、その刺激で駄目押しの快感を得た幹がピクンと跳ね上がった。

ようやく口を離すと、彼女は幹を支えながら余りの雫まで舐め取ってくれた。

「も、もういいです……」

丈太は腰をくねらせて言い、ヒクヒクと過敏に幹を震わせたのだった。

4

「どうか、今日は僕に払わせて下さいね」

金曜の夜、レストランで食事を終えると、丈太は美鈴に言った。

あれから仕事は順調で、亜矢子も多くのビジョンに取り組んでいた。

美鈴にとっては、待ちに待った金曜なので、今回は快《こころよ》く彼に払わせてくれた。

その代わり美鈴はタクシーを奮発し、自分のマンションに丈太を招いてくれたのである。

中に入ると2LDKで、几帳面《きちょうめん》な性格らしくキッチンもリビングも綺麗《きれい》に整頓されていた。一室は書庫で、何千冊もの本がスライド書棚に整然と並んでいた。

さすがに読書家で、内容も文学にミステリーに学術書と多岐《たき》にわたっている。

「大学時代にバイトしていた本屋の店長が、私の最初の男なの。二回り上で不倫だったわ」

美鈴が言う。さすがにそうした話題はレストランでは出せなかったらしい。

では高校を出るまで彼女は処女で、妻子持ちの店長とは三年近く付き合ったらしい。

そして就職で彼と別れてから七年になり、その間彼氏は出来ず、丈太が二人目の男だったようだ。

「その店長に、多くのことを教わったのよ」

美鈴が言い、茶を出す余裕もなく丈太を寝室に招き入れた。セミダブルベッドに化粧台と作り付けのクローゼット、そして寝室にも読みかけの本が多く置かれ、甘ったるい匂いが立ち籠めていた。

「さあ脱いで」

「シャワーを借りたいのだけど」

「ううん、そのままで構わないでしょう」

美鈴が言い、自分から脱ぎはじめた。

シャワーも浴びず、すぐ始めるというのも彼氏に調教されて身に付いた性癖《せいへき》なのかも知れない。

丈太も、真面目で清楚な昼間と違う、妖しい魅力を醸《かも》し出した美鈴に興奮を高め、手早く全裸になっていった。

先にベッドに横たわると枕にもシーツにも美鈴の匂いが悩ましく沁み付いて鼻腔が刺激された。

「すごく勃ってて嬉しい。私のことが好き？」

「ええ……」

答えると、やはり一糸まとわぬ姿になった美鈴がベッドに上り、いきなりペニスにしゃぶり付いてきた。ホームグラウンドだと、さらに大胆で自身の欲望に正直になっているようだ。今日は互いにビール一杯だけで食事がメインだったので美鈴も先日ほど酔ってはいない。

といういことは酔っていなくても、こうした淫らな部分が彼女の本性なのかも知れない。

「ああ、男の子の匂い……」

亀頭をしゃぶりながら美鈴が熱く囁く。もちろん年下の男は初めてなのだ。

そして前回のように、美鈴は全裸にメガネだけ掛けてくれている。

喉の奥までスッポリと呑み込み、幹を締め付けて吸い、彼女は念入りに舌をからめてきた。

ペニス全体が充分に唾液にまみれると、いったん口を離して陰嚢もしゃぶって睾丸を転がし、さらに彼の両脚を浮かせて尻の谷間も舐めてくれた。

「あう……」

ヌルッと舌先が潜り込むと、彼は妖しい快感に呻き、肛門でキュッと美女の舌先を締め付けた。

中で舌が蠢くと、まるで内側から刺激されるように勃起した幹がヒクヒクと上下した。ようやく舌が離れて脚が下ろされると、美鈴は再びペニスを含み、舌の蠢きと吸引で充分に彼を高まらせたのだった。

「ああ、気持ちいい……」

彼が口走ると、やっと美鈴も口を離してくれた。

「今度は私にして」

美鈴が言い、丈太の股間から這い出して添い寝してきた。

彼女は仰向けになり、せがむように丈太の顔を股間へと押しやった。回りくどい念入りな愛撫などより、真っ先に割れ目を舐めてもらいたいらしい。

丈太も興奮を高め、彼女の開かれた股間に顔を迫らせていった。

白く滑らかな内腿を舐め上げると、すでに割れ目からはみ出した陰唇は大量の蜜を宿していた。

茂みに鼻を埋め込み、一日分の濃厚に蒸れた匂いを貪りながら舌を挿し入れると、すぐにも淡い酸味の潤いで舌の蠢きが滑らかになった。

息づく膣口の襞をクチュクチュ掻き回し、味わいながら大きめのクリトリスまで舐め上げると、

「アアッ……、いいわ……」

美鈴が顔を仰け反らせて喘ぎ、内腿できつく彼の両頬を挟み付けてきた。

丈太もナマの匂いに酔いしれながらクリトリスに吸い付き、チロチロと舌を這わせては新たに溢れる愛液をすすった。

「い、入れてほしいわ。でもその前に……」

彼女が言い、枕元の引き出しから何かを取り出して丈太に手渡した。受け取って見ると、それはピンク色をした楕円《だえん》形のローターである。コードが伸びて電池ボックスに繋がっていた。

「これをお尻に入れて」

言われて、彼は妖しい期待と興奮に見舞われた。どうやらかつての男は、こうした遊びを美鈴に教え込んだらしい。

引き出しの中も一瞬見え、男根を模したバイブなども入っていたから、彼女が長く彼氏を作らなかったのも、そうした器具で自分を慰《なぐさ》めていたのだろう。

美鈴は自ら両脚を浮かせて抱え、白く形良い尻を突き出してきた。

丈太も屈《かが》み込んで、蒸れた匂いのするピンクの蕾を舐めて濡らし、ローターを押し当てると親指の腹で押し込んでいった。

「あう、構わないから強く押し込んで……」

美鈴も慣れたように言い、やがて奥まで潜り込ませるとローターが見えなくなり、あとはコードが伸びているだけとなった。

丈太が電池ボックスのスイッチを入れると、内部からブーン…と低くくぐもった振動音が聞こえ、

「あう、いいわ、あなたのものを前に入れて……」

美鈴が脚を下ろしてせがんだ。

丈太も股間を進め、先端を割れ目に擦り付けながら位置を定めると、ゆっくり挿入していった。

ヌルヌルッと根元まで入れると、肛門にローターが入っているせいで膣の締まりが前回より増し、しかも間の肉壁を通してローターの震動がペニスの裏側にも伝わってきた。

何という強烈な快感であろう。

彼は股間を密着させ、身を重ねていった。

じっとしていても震動で快感が高まった。

丈太は股間を押し付けながら左右の乳首を含んで舐め回し、顔中で柔らかな膨らみを味わった。

さらに腋の下にも鼻を埋め、甘ったるい汗の匂いと色っぽい腋毛の感触を堪能した。

「ああ……、突いて……」

待ち切れないように美鈴がせがみ、下から両手でしがみつきながら、ズンズンと股間を突き上げてきた。

膣内と連動するように肛門が締まるたび、ローターが悲鳴を上げた。

丈太も徐々に腰を突き動かし、摩擦快感と震動を得るという初めての感覚に高まった。危うくなると腰の動きを弱め、彼は少しでも長く、この快感を味わおうと思った。

美鈴は粗相《そそう》したように大量の愛液を漏らしていた。

「い、いきそうよ……」

美鈴が喘ぎ、収縮を強めてきた。丈太も、いつしか股間をぶつけるように激しく動き、上から唇を重ねて舌をからめた。

「ンンッ……」

美鈴が熱く呻き、彼の舌に強く吸い付いてきた。互いの息遣いにメガネのレンズが曇り、濃厚な花粉臭の吐息が悩ましく鼻腔を刺激した。

胸で乳房を押しつぶすと心地よい弾力が返ってきて、たちまち丈太は摩擦と震動、美女の吐息と唾液で絶頂に達してしまった。

「く……！」

もう止められず、彼は呻きながらドクンドクンと勢いよく射精してしまった。

「い、いく、アアーッ……」

するると同時に美鈴も声を上げ、彼を乗せたままブリッジでもするように狂おしく身を反り返らせた。

まるで暴れ馬にしがみつくように、彼は抜けないように気をつけながら律動を続け、最後の一滴まで出し尽くしていった。

あるいはバイブは射精しないので、奥深い部分にザーメンの噴出を感じると、彼女はオルガスムスのスイッチが入るようになっているのかも知れない。

丈太はすっかり満足しながら徐々に動きを弱め、力を抜いて美鈴に身を預けていった。

「アア……」

美鈴も声を洩らし、肌の硬直を解いてグッタリと身を投げ出していった。

互いの動きが完全に止まっても、まだローターの震動が続いて膣が収縮し、彼はヒクヒクと過敏に反応した。

そしてメガネ美女の濃厚に甘い吐息を嗅ぎながら、うっとりと余韻を味わい、やがて股間を引き離していった。

手早くティッシュでペニスを拭《ぬぐ》いながら彼女の股間に移動し、スイッチを切った。そしてコードを指に巻き付け、切れないよう注意しながらゆっくり引き抜いていくと、可憐な蕾が丸く押し広がってピンクのローターが顔を覗かせてきた。

「あう……」

排泄に似た感覚に美鈴が呻き、やがてローターはツルッと抜け落ちた。汚れもないがティッシュに包んで置き、彼は再び添い寝して呼吸を整えた。

「すごく良かったわ。まだ出来るでしょう？　夜は長いわ」

美鈴が熱く囁く。どうやらまだまだ満足したいらしく、どうせ明日は休みだから泊まり込みになりそうだった。

するとと彼女が顔を移動させ、まだ愛液とザーメンに湿っている先端にしゃぶり付いてきた。

「ああ……」

丈太は喘いだが、もう過敏な時期は過ぎているので、若い肉体はすぐにムクムクと反応していった。

「すごいわ、二回り上の彼は続けてなんて出来なかったから」

美鈴が回復していくペニスに歓声を上げた。

「これからもいっぱいしましょうね。決して結婚してなんて言わないから心配しないで。滝川君に本当の彼女が出来るまで、私を慰めてくれればいいの」

美鈴が嬉しいことを言ってくれ、すっかりペニスが元の硬さと大きさを取り戻すと顔を上げた。

「お尻にローター入れてみる？」

「そ、それは勘弁……」

丈太が身震いして答えると、美鈴は苦笑して起き上がり、今度は女上位で跨がってきた。

再びヌルヌルッと根元まで入ると、すぐにも彼女が身を重ねてきた。今度はローターの震動はないが物足りない気はせず、締め付けもきついままだった。

やがて美鈴が腰を遣いはじめると、彼も股間を突き上げて高まったのだった。

5

「じゃ、また月曜に」

美鈴が見送ってくれ、丈太は彼女のマンションを出た。

あれから、夜に二回して一緒に眠り、明け方にもう一回したのだ。

そしてシャワーを浴び、手作りのピラフとスープのブランチを終えて昼に解散したのである。

多く射精したが若い肉体に疲労は残っておらず、丈太は最寄り駅まで帰ると書店に寄った。

売れている本を見ると『塀の中の懲《こ》りない面々』が店頭に平積みされている。

買いはしないが、それらの本を眺《なが》めながら丈太は、昭和六十二年の空気に馴染《なじ》むよう努《つと》めた。

そしてアパートに戻るとまたメモを取り、覚えている限りのことを順々に書き留めた。

事件などの細かな月日まではうろ覚えだが、何しろ定年間近までサガーヤに勤めたので、ＯＡ機器に関する新製品や性能などは充分に覚えている。

そして、そうした内容こそが亜矢子と社の役に立つのだった。

土曜はそうした作業で一日が終わり、肉野菜炒めの夕食を終えた。

普段ならオナニーして寝るところだが、何しろ今は亜矢子に美鈴という相手に恵まれているので、自分一人で抜いてしまうのは勿体なかった。

そういえば、まだこの時代に戻ってからオナニーをしていなかった。

肉体は若いが、心は五十九歳なので、抜いて寝る習慣などないのである。

だから夜は大人しく寝て、翌日の日曜は、また昼過ぎに書店に行った。今度は専門書もある大型書店で社の役に立つジャンルを漁った。

（ＭＳ－ＤＯＳにパソ通か。懐かしいな……）

丈太は、それに関する本を眺めたが、まだまだ創生期で一般には浸透していない。それでも復習のつもりで学んでいけば、最初の人生よりもっと詳しくなれることだろう。

するとその時である。

「滝川さん……」

いきなり声を掛けられ、驚いて見ると旧姓森山由美が立っていた。まだ二十二歳の新入社員、丈太より一つ下の、未来の妻であった。

「やあ、どうしたの？」

「ええ、ワープロを買ったのだけど、もっと参考になる本があるかなと思って」

社の制服ではなく、清楚な私服なのでまだ女子大生のようだ。

そういえば由美の実家は静岡でスーパーを経営し、相当に裕福な方だ。

きっと親にねだり、仕事のためと言ってワープロを買ってもらったのだろう。

そういえば当時の由美のハイツも、この書店の近くだった。

「参考になる本はないよ。まず自分でキーを打って慣れることが大事だし、間もなくワープロからパソコンに移行……、いや、何でもない」

丈太が言うと、由美はほんのり頬を染めて目を輝かせた。

「じゃ、教えて頂けますか。すぐ近くなんです」

うん知ってる、と言いそうになり、丈太は頷いた。

「いいよ、でも一人暮らしの住まいに男を入れて大丈夫？」

「はい、内緒にします。それに滝川さんのキーを打つ速さは神業《かみわざ》だから、前から教わりたかったんです」

「神業だなんて、単に年季が、いや、何でもない。じゃ、行こうか」

言うと由美は嬉しそうに頷き、一緒に書店を出てハイツに向かった。

実際に未来の妻と親しくなるのは数年先だが、別に今でも構わないだろう。

そもそも自分が過去に戻ったことで、多少なりとも歴史は変わってしまうのである。

（こんなに可愛かったっけ）

丈太は、未来の妻と歩きながら思った。

ついこの間まで、五十八歳になった古女房の顔しか浮かばなかったが、当然ながら二十二歳の由美は初々しく可憐だった。

何しろ、三十六年後の自分の娘よりも若いのだ。自分が五十九歳で相手が二十二歳となると三回りも下で犯罪に近い。

もっとも今の丈太は、心はともかく肉体は二十三歳なので釣り合うだろう。

やがて新築のハイツに案内すると、由美は多少緊張気味に鍵を開けて彼を招き入れた。由美は、女子大時代は寮に住み、就職と同時にハイツに入居したので、まだ一年足らずである。

「ここです、どうぞ」

上がり込むと、由美はドアを内側からロックし、

「セールスとかが勝手に開けることがあるので」

と言い訳めいて言った。

出逢ったときから処女だったのでまだ心根は幼そうだが好奇心はいっぱいで、その胸はときめいているのかも知れない。最初に付き合う時、入社したときから気になっていたと言われたことがあったのだ。

部屋はワンルームで、清潔にされたキッチンと、奥の窓際にベッド、手前に学習机に本棚、あとは食事のテーブルやテレビ、冷蔵庫などが機能的に配置されて

いる。

他はバストイレで、やはり室内には、生ぬるく甘ったるい思春期の匂いが立ち籠めていた。

由美が急いで茶を淹れている間に、丈太は椅子に掛け、机に置かれたワープロを開いた。

「へえ、文豪《ぶんごう》ミニか、懐かしいな」

「懐かしいって、去年出た新製品ですよ」

由美が言い、丈太は答えず起動して画面を見た。すると住所録には、何と丈太の名とアパートの住所が書かれていたのである。

やはり最初から意識していたようだ。

「あ……」

お茶を持って来た由美が画面を見て声を上げた。

「スタッフを順々に入れている途中なんです。まだ滝川さんだけだけど、何しろワープロが届いたのは昨日だから」

彼女が勢い込んで言うと、肩越しに熱く湿り気ある吐息が感じられ、イチゴでも食べたばかりのように甘酸っぱい匂いがした。

（うわ……）

丈太は痛いほど激しく勃起してしまい、良いのだろうかと戸惑った。

まあ、いずれ妻になる子だから構わないのだろうが、早々と子作りでもしたら歴史が変わり、本来の娘である由希《ゆき》に会えなくなるかも知れない。

「う、うん、分かってるよ。住所録だけでなく、実際に自分の文章を打つように練習するといい」

丈太は答え、置いてくれた茶をすすってから素早くキーを打った。

「記憶している歌詞とか打って練習するといいよ」

「すごい速さ……」

肩越しに覗きながら由美が感嘆し、また吐息の果実臭に鼻腔を刺激され、ますます勃起が治まらなくなってしまった。

彼は興奮に混乱し、思わず平成のヒット演歌を打ってしまい、慌てて消したが由美は歌詞の内容までは見ていないようだった。

さらに彼は、ワープロの様々な機能を教えてやった。

由美も顔を寄せて熱心に聞いては一緒にキーを打ったりした。

指が触れ合うと、やはり彼女も意識しているのかビクッと引っ込め、何やら互いにソワソワしてきたようだ。

由美は女子高に女子大だから、合コンなどもしていないようだったから、全く男と知り合っていなかったらしい。

もう我慢できなくなり、とうとう丈太はいきなり由美を抱きすくめてしまったのだった。

第三章　無垢な未来の妻と

1

「あん、滝川さん……」

丈太がいきなり抱きすくめると、由美がビクリと身じろいで声を震わせた。

「あ、ごめんよ」

丈太は思わず身を離そうとしたが、由美はそのままししがみついてきたのだ。

どうやら驚いただけで、嫌というわけではないようだ。

そもそも自分の住まいに彼を呼んだのだから、そういう気は最初から充分にあったのだろう。

丈太も股間を熱くしながら、そっと彼女の頬に手を当てて顔を上向かせると、無垢な唇に自分の口を重ねていった。

由美にとってはファーストキスである。

実際の歴史では数年後だが、もう勢いが付いてしまったので、今でも構わないだろう。

由美の唇はぷっくりしたグミ感覚の弾力があり、清らかな唾液の湿り気が感じられた。

ついこの間までは、彼女も五十八歳の古女房だったのだが、いま目の前にいる彼女は二十二歳の処女で、そして丈太も五十九歳ではなく、心はともかく肉体は二十三歳なのである。

間近に迫る頬は上気して陽射しに産毛《うぶげ》が輝き、水蜜桃《すいみつとう》のように可憐だった。

由美は長い睫毛《まつげ》を伏せ、微かな鼻息で彼の鼻腔を湿らせながら、じっとファーストキスの感激に浸っているようだ。

丈太は、娘の由希が母親似でなく自分似だったことを幸運に思った。

もし母娘が似ていたら、若い由美は、まるで自分の娘を相手にするようで、とても淫気など湧かなかったことだろう。

そろそろと舌を挿し入れ、彼は由美の滑らかな歯並びを舐めた。

すると彼女も歯を開いて舌の侵入を受け入れてくれた。無垢でも好奇心いっぱいで、こうした体験を夢見ていたようだ。

舌を触れ合わせると、ビクッと奥に避難したが、なおもチロチロと絡み付けると、由美も次第に舌を蠢かせてくれた。

生温かく清らかな唾液に濡れ、滑らかに蠢く由美の舌は何とも美味しく、丈太は古女房の面影を頭から追い出しながら、目の前にいる無垢で可憐な未来の妻に専念した。

長いディープキスをしながら、丈太がそろそろとブラウスの胸に手を這い回らせると、

「ンン……」

由美が熱く呻き、反射的にチュッと強く彼の舌に吸い付いた。

なおも膨らみを揉んでいると、

「ああッ……」

由美が息苦しくなったように、唇を離して熱く喘いだ。イチゴ臭の甘酸っぱい吐息に鼻腔を刺激され、もう丈太も止まらなかった。

「ね、いい……?」

ベッドを指して言うと、由美も小さくこっくりし、立ち上がると窓のカーテンを閉めた。

少し薄暗くなっただけだが、昼日中なので充分に無垢な身体は観察できる。

「じゃ、脱ごうね」

丈太は胸を高鳴らせて言い、自分から手早く脱ぎはじめていった。

由美もすっかり覚悟を決め、背を向けて黙々と脱いでいった。

先に全裸になった彼は、由美のベッドに横になった。枕には彼女の匂いが悩ましく沁み付き、うっとりと鼻腔が刺激された。

（考えてみれば未来の女房なのだが、数年後に懇《ねんご》ろになったときは、こんなにもときめいただろうか……）

丈太は昔の感覚を思い出そうとしたが、やはり目の前の可憐な由美に全神経を奪われていった。

彼女は、モジモジしながらもためらいなく脱いでゆき、ブラウスとスカート、ソックスを脱ぎ去り、ブラを外すと白く滑らかな背中が見えた。

脱いでゆくたびに、服の内に籠もっていた熱気が解放され、さらに生ぬるく甘ったるい匂いが室内に立ち籠めた。

やがて最後の一枚をそろそろと下ろしていくと、彼の方に可憐な尻が突き出された。

そして一糸まとわぬ姿になると、彼女は胸を押さえて向き直り、見られるのを羞《は》じらいながら素早くベッドに滑り込み、彼に添い寝してきたのだった。

「アア……」

彼女は熱く喘ぎ、横からピッタリと身体を密着させてきた。

丈太も激しく勃起しながら、上になって無垢な肢体を見下ろした。

そういえば古女房とも久しくしていないから、じっくり肌を見るなど何十年ぶりだろうか。

とにかく二十二歳の由美の肌は瑞々《みずみず》しく滑らかで、乳房も形良い膨らみをして乳首も乳輪も初々しい桜色をしていた。

吸い寄せられるようにチュッと乳首に吸い付き、舌で転がしながらもう片方を指で探ると、

「ああっ……！」

由美が熱く喘ぎ、クネクネと身悶えた。感じるというより、まだくすぐったい感覚なのだろう。舐め回すうち、乳首がコリコリと硬くなってきて、彼はもう片方も含んで舐め回した。

由美は息を弾ませ、少しもじっとしていられないように身をよじらせていた。

やがて両の乳首と、張りのある膨らみを顔中で味わってから、彼は由美の腕を差し上げ、ジットリ湿った腋の下にも鼻を埋め込んでいった。

スベスベのそこは蒸れて甘ったるい汗の匂いが馥郁《ふくいく》と籠もり、悩ましく鼻腔を満たしてきた。

充分に嗅いでから舌を這わせると、

「あう、ダメ……」

相当にくすぐったいように由美が言い、彼の顔を腋から追い出した。

丈太はそのまま滑らかな肌を舐め下り、脇腹から真ん中に行って、愛らしい縦長の臍《へそ》を探った。

もちろん肝心な部分は最後だ。

彼は弾力ある下腹から腰のラインをたどり、高校時代はテニス部だったという健康的な脚を舐め下りていった。

どこを舐めても滑らかな舌触りで由美はいつしか朦朧《もうろう》となって身を投げ出し、されるままになって荒い息遣いを繰り返すばかりとなった。

足首まで下りると足裏に回り、舌を這わせて縮こまった指の間にも鼻を割り込ませ、汗と脂《あぶら》に蒸れた匂いを貪った。

何十年も一緒に暮らしているが、こんなにも丁寧な愛撫をしたのは初めてである。爪先にしゃぶり付くと、

「ダメです、汚いから」

由美がビクッと反応して言い、とうとう脚を縮めてしまった。

そのまま彼は、由美をうつ伏せにさせていった。

2

まだ社会人になって間もないので、靴が合わないのか由美の足には微《かす》かな靴擦《くつず》れがあった。

丈太は癒《い》やすように舌を這わせてから、うつ伏せになった未来の妻を愛撫した。

脹《ふく》ら脛《はぎ》から汗ばんだヒカガミ、ムッチリした太腿から尻の丸みを舌でたどり、腰から滑らかな背中を舐め上げていくと、やはりブラのホック痕は淡い汗の味がした。

「あぁッ……」

背中も感じるのか、由美が顔を伏せて喘いだ。

丈太は肩まで行き、リンスの香りに乳臭い匂いの混じる髪に顔を埋めて嗅ぎ、耳の裏側まで舐めてから、再び背中を舐め下りて尻に迫った。

指で谷間を広げ、可憐な蕾に鼻を埋め、蒸れた匂いを味わってから舌を這わせて、ヌルッと潜り込ませて滑らかな粘膜を探ると、

「そ、そこダメ……！」

朦朧としていても、由美はビクッと拒否反応を示し、再び自分で仰向けに戻ってしまった。

丈太は片方の脚をくぐり、張り詰めた内腿を舐め上げて中心部に迫った。

ぷっくりした丘には楚々とした若草が煙り、割れ目からはみ出したピンクの花びらは、驚くほど大量の蜜に潤っているではないか。

まあ二十二歳なら、もちろん自分でいじることもあるに違いない。

令和では貴重だが、昭和ならまだまだ二十二歳の処女は珍しくないのだろう。

そっと指で陰唇を広げると、綺麗なピンクの柔肉がヌメヌメと濡れ、処女の膣口が可憐に息づいていた。

「ああ、見ないで……」

股間に彼の熱い息と視線を感じ、由美が激しい羞恥に嫌々をして言った。

包皮の下からは小粒のクリトリスが顔を覗かせ、もう丈太は堪らず顔を埋め込んでいった。

柔らかな茂みに鼻を擦りつけて嗅ぐと、蒸れた汗の匂いに、ほんのりと処女特有の恥垢《ちこう》か、淡いチーズ臭が感じられた。

「いい匂い」

「あん！」

思わず言うと、由美が声を上げ、キュッときつく内腿で彼の両頰を挟み付けてきた。

丈太は無垢な匂いに酔いしれながら舌を挿し入れ、淡い酸味のヌメリを掻き回しながら、息づく膣口からゆっくりクリトリスまで舐め上げていった。

「アア……、いい気持ち」

とうとう由美も正直に快感を口に出した。

チロチロとクリトリスを刺激するたびに愛液の量が増し、彼は舌を這わせながらそっと無垢な膣口に指を挿し入れてみた。

さすがに締まりはきついがヌメリが充分なので、指は滑らかに根元まで潜り込んだ。

中は熱く、彼は指の腹で内壁を小刻みに摩擦しながら、なおもクリトリスを舐め回すと、

「あう、ダメ、変になりそう……！」

由美が声を上ずらせ、ガクガクと小刻みな痙攣を起こした。

舌と指で、小さなオルガスムスの波が押し寄せているのかも知れない。

これなら、初の挿入には絶好のタイミングではないか。丈太は待ち切れないように顔を上げて前進し、急角度にそそり立った幹に指を添えて下向きにさせ、先端を割れ目に擦り付けてヌメリを与えた。

そして位置を定め、ゆっくり押し込んでいった。

3

「あう……！」

ヌルヌルッと滑らかに根元まで挿入すると、由美が破瓜《はか》の痛みに呻き、眉をひそめて身を強ばらせた。丈太はきつい締め付けと熱いほどの温もり、肉襞の摩擦と潤いを味わいながら股間を密着させ、身を重ねていった。

「大丈夫？」

「ええ、平気です……」

気遣って囁くと、由美は健気《けなげ》に答えながら、下からしっかりと両手を回してしがみついてきた。

のしかかると、胸の下で乳房が押し潰れて心地よく弾み、恥毛が擦れ合い、コリコリする恥骨の膨らみまで伝わってきた。

じっとしていても息づくような収縮に彼は高まり、上から唇を重ねて執拗に舌をからめた。

このまま中出しして大丈夫だろうか、と丈太は少し心配になった。

運命が決まっているのならば、かつてと同じように同じ年に娘の由希が生まれるのだろう。

もし由美が妊娠してしまったら、少し早いが結婚してしまえば良いし、もう未来に戻れないものならば、この世界でまた一から由希を育てれば良いだけのことである。

要するに男というものは、射精快感の前では、どんな懸念も吹き飛んでしまうということだ。

丈太は思い、快感に負けながら、そろそろと様子を見ながら腰を突き動かしはじめてしまった。

「アア……」

由美が顔を仰け反らせて喘ぎ、動きに応えるようにキュッキュッときつく締め付けてきた。

「無理なら止すよ」

「いいえ、大丈夫ですから、どうか最後まで……」

囁くと、由美が薄目で彼を見上げながら答えた。

やはり高校大学の友人たちに体験を聞き、痛いことぐらいは承知しているし、射精まで行かないと男が満足しないことも知っているのだろう。

そして動くうち、彼女も痛みが麻痺《まひ》したか、下からもズンズンと股間を突き上げはじめたのだ。

溢れる愛液で動きが滑らかになり、クチュクチュと淫らに湿った摩擦音も聞こえてきた。

それにいったん動いてしまうと、あまりの快感で丈太も気遣いを忘れ、腰の動きが止まらなくなってしまった。

そして、どうせこれから何十年も一緒に暮らすのだからと、いつしか彼は遠慮なく股間をぶつけるほどに激しい律動を繰り返していた。

たちまち大きな絶頂の波が押し寄せ、

「く……！」

彼は由美の甘酸っぱい吐息を嗅ぎながら昇り詰めて呻き、熱い大量のザーメンをドクンドクンと勢いよくほとばしらせてしまった。

「あう、熱い……」

噴出を感じたか、由美が呻き、まるで飲み込むようにキュッキュッと締め付けてきた。

まだオルガスムスには程遠いだろうが、彼の絶頂を無意識に察し、好きな男と一つになった感激を嚙み締めているようだった。

丈太は心ゆくまで快感を嚙み締め、最後の一滴まで出し尽くしていった。

そして満足しながら徐々に動きを弱めてゆき、まだ息づく膣内でヒクヒクと幹を過敏に跳ね上げた。

やがて完全に動きを止めると、彼は処女を喪《うしな》ったばかりの由美にもたれかかり果実臭の吐息を嗅ぎながら余韻を味わった。

4

「これが入ったのね……」

ティッシュで処理を終えると、由美が身を起こし、丈太のペニスに屈み込んで言った。

初体験を終えて観察すると、彼女はほんの少しだけ出血したがすぐに止まり、今は後悔の様子など微塵《みじん》もなく、無邪気に男の観察を始めていた。

丈太は仰向けになって股を開き、由美はその真ん中に腹這いになり、好奇心いっぱいの眼差しを彼の股間に向けていた。

「不思議な形……」

由美は熱い視線を注いで言いながら、そろそろと幹を撫で、陰嚢もいじって二つの睾丸をコリコリと確認した。

「く……、そこはそっと……」

急所を無邪気にいじり回され、丈太は息を詰めて言った。

由美は袋をつまみ上げ、肛門の方まで覗き込んでから、再び幹に戻った。

彼女の熱い視線と息を股間に受けながら、たちまち彼自身はムクムクと回復してしまった。

「硬くなってきたわ」

「そ、それは好きな子に触られれば勃つよ」

「私のこと、好き？」

「もちろん、今までもこれからもずっと好きだよ」

古女房には恥ずかしくて言えないが、まだ結婚前の由美になら照れ臭くても言えた。

「本当？　嬉しい……」

彼女は股間で頬を染めて言い、花が咲くような笑みを浮かべた。

「でも、勃ったらまた出したいのでしょう？」

由美が聞いた知識を口にし、股間で小首を傾げた。

「うん、でも続けて入れるのは辛いだろう」

「ええ、まだ中に何かあるみたい」

「じゃ、お口で可愛がって」

丈太は、これまた古女房には言えないことを口にした。

実際、口内発射など新婚時代に数回してもらったきりである。

「ええ、こう？」

今の由美は答えるなり、厭《いと》わず幹に指を添えて、まだ濡れている先端に舌を這わせてくれた。

滑らかな舌先がチロチロと尿道口を探り、

「これがザーメンの味と匂い？」

言いながら、さらに張りつめた亀頭も舐め回しはじめた。

「嫌じゃない？」

「ええ、ちょっと生臭いけど味はないし、嫌じゃないです」

訊くと由美が答え、とうとう丸く開いた口でスッポリと亀頭を呑み込んでくれたのだった。

上気した頬に笑窪を浮かべて吸い、熱い鼻息が恥毛をくすぐった。

「あう、気持ちいい。もっと深く入れて……」

丈太が由美の温かく濡れた口腔の感触に高まりながら言うと、彼女も精一杯喉の奥まで含んでくれた。

可憐な唇が幹を締め付けて吸い、口の中ではクチュクチュと舌が蠢いた。

たちまち彼自身は、生温かく清らかな唾液にどっぷりと浸って震えた。

「アア……」

丈太は快感に喘ぎ、若い肉棒は急激に絶頂を迫らせていった。

快感に任せてズンズンと股間を突き上げると、

「ンンッ……」

喉の奥を突かれた由美が小さく呻き、それでも顔を上下させ、スポスポとリズミカルな摩擦を繰り返してくれた。

「すごく気持ちいいよ、いきそう……」

丈太は、未来の妻におしゃぶりされながら喘いだ。

由美も懸命に唇の摩擦と、舌の蠢きを続行して股間に熱い息を籠もらせた。

サラサラと内腿をくすぐる髪が心地よく、たまに当たる歯の刺激も実に新鮮だった。

彼女が下向きのため、溢れた唾液が陰嚢の脇を生温かく伝い流れ、彼の肛門まで心地よく濡らしてきた。

なおも股間を突き上げながら、とうとう丈太は摩擦の中で二度目の絶頂に達してしまった。

「い、いく、アアッ……！」

丈太は快感に貫かれて喘ぎ、ありったけの熱いザーメンをドクンドクンと勢いよくほとばしらせた。

「ク……、ンン……」

喉の奥を直撃され、由美は驚いたように呻いたが、口は離さず、そのまま吸引と摩擦、舌の蠢きを続行してくれた。

丈太は美女の口を汚す申し訳なさと、どうせ女房になるのだから構わないという気持ちの中、快感を味わい尽くして最後の一滴まで出しきった。

「ああ……」

声を洩らし、全身の硬直を解いてグッタリと身を投げ出すと、由美も亀頭を含んだまま動きを止めた。

そして口に溜まったザーメンをコクンと一息に飲み干してくれたのだ。

「あう」

喉が鳴ると同時に口腔がキュッと締まり、彼は刺激に呻いた。

ようやく由美がチュパッと口を離し、チロリと舌なめずりしながら、なおも幹を見つめて指でニギニギしてくれた。

そして尿道口に脹らむ残りの雫まで、チロチロと丁寧に舐め取ってくれたのである。

「く……、も、もういいよ、どうも有難う……」

丈太が過敏に腰をよじりながら言うと、やっと由美も舌を引っ込めて股間から這い出し、添い寝してきたのだった。

彼は、年下の彼女に甘えるように腕枕してもらい、熱く湿り気ある吐息を嗅ぎながら、うっとりと余韻に浸り込んで呼吸を整えた。

由美の息にザーメンの生臭い匂いは残っておらず、さっきと同じ可憐なイチゴ臭がしていた。

「嫌じゃなかった？」

「ええ、滝川さんが出したものだから」

訊くと由美が答え、丈太も心地よい気怠《けだる》さの中で大いなる幸福感に包まれたのだった。まあ、今日抱いたばかりで、すぐ結婚の話をするのも何なので、いずれ機会を見て順々に進めてゆけば良いだろう。

やがて呼吸を整えると、二人でバスルームに入りシャワーを浴びた。そして身体を拭いて服を着ると、

「まだ少し早いけど、夕食に出ようか」

彼が言うと、由美も喜んで外出の仕度をした。

近くのレストランに入り、ビールで乾杯したが、由美はあまり飲めないようなので、余りは丈太が飲み干した。

丈太も、未来の妻との最初の食事なので奮発し、ステーキを注文し、自分はワインに切り替えた。

「ね、滝川さんの家のこと、いろいろ聞かせて」

由美が言い、彼は実家のことや学生時代のことなどを正直に話すと彼女も、結婚を前提とするように家や家族のことを話してくれたのだった。

5

「おはようございます」

連休を終えた月曜、丈太が出勤すると、由美が元気よく挨拶し、彼にお茶を淹れてくれた。

何やら顔の色艶が良く、輝くように美しさが増していた。

やはり恋する乙女は綺麗になるのだろう。しかも上から下から男のエキスを吸収したのだ。

（この制服姿でも、一度してみたいな……）

丈太も挨拶を返し、由美を見ながら思った。

やがて美鈴、部長や根津係長など全員が揃うと、最後に社長の亜矢子が入ってきて言った。

「おはよう、急な人事だけど、滝川さんを課長に任命することになりました」

彼女の言葉に、スタッフ一同がオオと驚きの声を上げた。

由美や美鈴は密かに手を叩く格好をして満面に笑みを浮かべ、

「そ、そんな……」

根津係長は呟《つぶや》き、呆然と口を開いていた。

いや、誰より丈太が一番驚いていたのである。

「そ、それは、まだ僕には早いのでは……」

「あら、不満かしら。もう重役会議で決定したことなのよ」

亜矢子が言う。

「机はその場所のままでいいわ。あとで会議があるから新課長として出席して」

言われて、丈太も頷くしかなかった。

しかし入社二年目で、係長を飛び越して課長など、ますます根津が卑屈《ひくつ》になっていくことだろう。

しかし根津以外の全員に不満はないようで、一斉に拍手してくれた。

確かに、今は課長のポストが空席だったのだが、普通なら根津が昇進し、丈太が係長ならまだしも、これではバランスが悪いのではないだろうか。

だが亜矢子は、管理職の方が給料も上がるし、丈太のためと思って推挙してくれたようだ。そして実際、丈太が社の未来に大きく貢献しているのは確かなのである。

それに亜矢子は、万が一にも丈太が他社へ行ったりすることがないよう配慮したのかも知れない。

「今夜は昇進祝いに一杯やろう。ね、いいよね、滝川君、いや、新課長」

同僚たちが言い、丈太も面映《おもは》ゆい思いで応じたのだった。

やがて会議に呼ばれたので、丈太はほっとして賑《にぎ》やかなオフィスを出て会議室へと行った。

そこで彼は重役たちに新任の挨拶をし、今後のＩＴ産業の展望などを述べた。

次第に緊張も解け、彼は本来の五十九歳に戻ったように、落ち着いて状況を説明したのだった。

そんな丈太の様子に、最初は若いと侮《あなど》っていた感じの重役たちも、いつしか感心したように彼の話に聞き入っていた。

会議は昼過ぎまで続き、丈太は重役たちと一緒に豪華な仕出し弁当の昼食を済ませた。

そして午後ももう少し会議をして解散となり、丈太はオフィスに戻ろうとした。

すると、多くの書類を抱えた由美が出てきたところだった。

「どこへ行くの？」

「資料室です。係長に言われて」

訊くと由美が、少し不満そうに答えた。

どうやらセクハラばかりでなく、八つ当たりのように新人たちに面倒な作業を押し付けているのだろう。

「いいよ、一緒に行こう」

丈太は言い、半分持ってやり、上の階にある資料室に行った。

「ジャンル別に棚に入れるだけだね？　二人でやればすぐ済むよ」

資料室に入った丈太は由美に言い、手分けしてファイルを棚に入れた。

そこは普段誰も入らず、スチール棚が所狭しと並んでいる部屋だ。

奥には資料閲覧用の机と椅子があり、あっという間に二人で作業を終えると、丈太は彼女を奥の机へと誘った。

神聖な社内だが、少しぐらい良いだろう。それに社内では、前に亜矢子とも社長室で濃厚なセックスをしたのである。

由美も、誰も来ない密室で興奮したか、ほんのり頬を染めていた。

机のある場所で何かして、もし誰かが急に入ってきたとしても棚が並んでいるので死角になり、取り繕う余裕もあるだろう。

「いい？　少しだけ」

丈太は言い、由美の笑窪の浮かぶ頬を両手で挟み、顔を寄せてピッタリと唇を重ねた。

古女房とはいえ、三十六年も若返った二十二歳だ。

しかも社内だから、制服姿に興奮した。

昨日懇ろになったばかりだから、由美も拒むことなく、うっとりと目を閉じ、チロチロと舌をからめてくれた。

生温かな唾液に濡れて滑らかに蠢く舌を味わいながら、彼は勃起した股間をグイグイと押し付け、胸にも手を這わせていった。

「アア……」

由美が口を離し、熱く喘いだ。

湿り気ある吐息は彼女本来の可愛らしく甘酸っぱいイチゴ臭に、昼食後に歯磨きをしたのか、淡いハッカ臭が混じっていた。

「勃っちゃった……」

丈太は甘えるように言い、ズボンと下着を膝まで下ろし、ピンピンに屹立した肉棒を露わにしてしまった。そして机に腰掛け、由美を椅子に座らせた。

「まあ、いいんですか、社内で……」

由美も、目の前にあるペニスと彼の顔を交互に見ながらも、頬を上気させて言った。

「うん、じゃ、課長命令だからね、優しくお口でして」

丈太が言うと、由美もすぐに顔を寄せ、両手で幹を挟むと舌を伸ばし、チロチロと先端を舐めてくれた。

「ああ、気持ちいい……」

丈太は快感に喘ぎ、ヒクヒクと幹を震わせた。見下ろせば、可憐な制服姿の新人ＯＬが無心におしゃぶりしてくれている。

まさか根津も、嫌がらせに面倒な仕事を押し付けた由美が、資料室でこんなことになっているなど夢にも思わないだろう。

彼女は充分に亀頭を唾液に濡らしてから、スッポリと呑み込み、笑窪の浮かぶ頬をすぼめて吸ってくれた。

口の中ではクチュクチュと舌が這い回り、たちまち彼自身は最大限に膨張していった。

「い、いきそう、交代」

丈太は言って机から下り、入れ替わりに彼女を立たせて椅子に掛けた。そしてスカートをめくり、下着を脱がせてから机に座らせた。

「アア、恥ずかしい……」

脚をＭ字にさせ、彼が顔を寄せると由美が息を弾ませて言った。

白くムッチリした内腿の間に迫ると、割れ目に籠もる熱気と湿り気が顔中を包み込み、彼は顔を埋め込んでいった。

「ああッ……！」

丈太が舌を這わせると由美は熱く喘ぎ、社内であることを思い出したように慌てて手で口を押さえた。

彼は茂みに籠もる蒸れた匂いを貪りながら、割れ目内部に舌を這い回らせ、処女を喪ったばかりの膣口から、ゆっくりクリトリスまで舐め上げていった。

たちまち生ぬるく淡い酸味を含んだ蜜がヌラヌラと溢れて舌の動きを滑らかにさせ、由美は机から落ちないよう後ろに手を突いたので、彼の顔に股間を突き出す形となった。

彼は味と匂いを堪能しながら大量の愛液をすすり、もう我慢できないほど高まってしまった。

「じゃ、ここに座ってね」

口を離して丈太は言い、彼女の手を引いて机から下ろした。

そして椅子に掛けている彼の股間に跨がらせ、正面から抱きすくめた。

由美も、勃起した先端に割れ目を押し当て、そろそろと腰を沈み込ませると、彼自身はヌルヌルと滑らかに根元まで嵌まり込んでいった。

「あう……！」

由美がしがみついて呻き、互いの股間がピッタリと密着した。

二人とも着衣のままで、肝心な部分だけが繋がっている状態で、それがいかにも社内という感じで興奮が高まった。

彼女は両足を椅子の左右にある僅かな隙間に乗せ、まるで和式トイレスタイルで彼の股間にしゃがみ込む形になっていた。

二度目だが、もう痛みは薄れているようだ。

それに由美は好きな相手と一つになった悦びに包まれているように、キュッキュッときつく締め上げてきた。

丈太も彼女を抱え込み、ズンズンと股間を突き上げはじめた。

そして唇を重ねてネットリと舌をからめたが、由美は相当に息を弾ませているので、長くはキスできずに喘ぎ続けた。

丈太も肉襞の摩擦と熱いほどの温もり、正面から吐きかけられる果実臭の息に絶頂を迫らせた。

何しろ社内だから、長く味わうより早く済ませた方が良いだろう。

彼は股間を突き上げ続け、たちまちきつい締め付けの中で激しく昇り詰めてしまった。

「く……！」

全身に突き上がる大きな絶頂の快感の中で彼は呻き、熱い大量のザーメンをドクンドクンと勢いよく注入した。

「アア……」

由美も、奥深くに噴出を感じたように声を洩らし、しがみつきながらヒクヒクと痙攣した。

あるいは二回目にして、早くも膣感覚のオルガスムスの兆《きざ》しを感じているようだった。

前の時はどうだったか、由美は新婚時代もそれほど快楽に貪欲ではなく、あるいは膣感覚では果てていないような記憶がある。

やはり二度目のこの世界では、丈太が急激な成長を遂げているため、周囲にも大きな影響を与えているのかも知れない。

とにかく彼は心ゆくまで快感を嚙み締め、最後の一滴まで由美の中に絞り尽くしてしまった。

すっかり満足しながら丈太が徐々に突き上げを弱めていくと、

「ああ、すごい……」

由美も声を洩らし、グッタリと寄りかかってきた。

「大丈夫……？」

丈太は、繋がったまま由美に囁いた。

完全に動きを止めても、まだ膣内はヒクヒクと息づくような収縮が繰り返されて、刺激された彼自身は過敏に震えた。

「ええ……、何だか、宙に浮くような感じが……」

由美が荒い息遣いで小さく答え、自身の内部に芽生えた未知の感覚を探っているようだった。

互いの呼吸が整うまで、しばらくは離れなかった。

丈太は未来の妻の甘酸っぱい吐息を間近に嗅ぎながら、力を抜いてうっとりと快感の余韻を味わったのだった。

（とうとう社内で、未来の妻としてしまった……）

丈太は激しい動悸の中で思った。

亜矢子が相手なら社長だから良いが、新人ＯＬと社内でするのは、やはり禁断の思いが強かった。

ようやく由美がノロノロと動きはじめたので、彼はポケットティッシュを出して、離れた割れ目に当ててやった。

椅子から下り立つと、由美は机にもたれながら、あとは自分で割れ目を拭き、彼もティッシュでペニスを処理した。

丈太も立ち上がって身繕いをし、由美もしばらく力が出ないようだったが、ようやく下着を着けて制服と髪の乱れを直した。

「このティッシュ、どこへ捨てましょう」

「僕が男子トイレに捨てるから」

言って二人で深呼吸してから、資料室の出口に向かった。

「大丈夫かな？」

「ええ、顔が火照《ほて》っているけど、化粧室に行って確認しますから……」

由美は言い、やがて二人で資料室を出ると、オフィスのある階下へ下り、それぞれ男女のトイレへと別れたのだった。

男子トイレのゴミ箱にティッシュを捨て、用を足してから丈太がオフィスに戻ると、同僚たちから今夜の飲み会の場所と時間を聞かされた。

少し経つと由美も戻り、もう何事もなかったような表情をしていた。

案外可憐に見えても、女というものは彼などが思っている以上に強《したた》かなのかも知れない。

とにかく彼も安心して退社時間まで仕事をしたが、やはり根津だけは暗い表情をしていたのだった。

6

やがて退社時間となり、一同は社屋を出て真っ直ぐに居酒屋へと出向いた。

もちろん由美も美鈴も、根津も来て、最後に亜矢子も顔を見せ、大広間は貸し切りとなった。

「では、滝川新課長の昇進を祝して乾杯！」

同僚の一人が言い、一同は生ビールを飲み、談笑しながら運ばれてくる料理をつまんだ。

由美も、丈太の隣に座りたいだろうが、そこは新人だから遠慮し、仕方なく遠くからチラチラと熱い視線を向けてきた。それは美鈴も同じ様子だったが、丈太を思う女同士の熱い思いには互いに全く気づいていないようだった。

当然ながら丈太の周りには、亜矢子をはじめ重役や同僚たちが集まり、社の行く末について話が弾んだ。

しかし丈太は、根津のピッチが速いことが気になっていた。生ビールを二杯飲んでから日本酒に替え、今はチューハイにしている。

青い顔で、あまり酔っているふうには見えないが、誰とも喋らず飲んでいるので、相当身体には負担がかかっていることだろう。

もっとも日頃から嫌われているので、自然に根津の周囲からは人がいなくなるのが常なのである。

やがてお開きとなり、明日もあるので二次会はなく解散となった。

「係長、大丈夫かな……」

丈太は皆と駅に向かいながら呟き、とにかく由美に気をつけて帰るよう、周囲に見られないように囁いて別れた。

他の連中も、それぞれ帰途について行き、亜矢子は丈太を誘うこともなくタクシーで帰ってしまった。

そして丈太は、フラついている根津が心配になって近づいていった。

もう駅周辺に残っているのは、丈太と根津の二人だけである。

丈太が声を掛けようとすると、

「おいオッサン、ぶつかって黙って行く気かよ」

「財布出せよ。いくらか払ってもらおうか」

二人のガラの悪そうな若者が根津にからんでいるではないか。

なるほど、オヤジ狩りの走りかと丈太は思った。

オヤジ狩りという流行語は平成になってからのものだが、実際は昭和でも起こりうることだ。

「か、金なんかねえよ……」

根津は身を屈めて防御の姿勢を取りながら、声を震わせて言った。

すると二人が根津を押さえつけ、内ポケットの財布を探ろうとした。

そこへ丈太が駆けつけ、

「よせ、もう警官を呼んである」

二人を睨んで言うと、

「うるせえ、てめえも財布を出せ！」

と殴りかかってきた。

丈太は、咄嗟《とっさ》にその拳をかわして手首を摑み、引き回してから顎《あご》に手を当てて押し倒していた。

素早い入り身投《いりみな》げである。

中年過ぎてから健康のため習っていた合気道《あいきどう》三段の技が冴えた。

しかも若くて敏捷《びんしょう》なぶん切れもあり、

「うわ……！」

相手は両脚を上げて肩から落下し、呻いてしばらくは起き上がれなかった。

丈太は、もう一人を睨み、

「こいつを連れて帰れ。俺の方が強いぞ」

低く言うと、たちまち相手は戦意を喪った。そして呻く仲間を助け起こし、駅裏の方へと立ち去っていったのである。

「た、滝川、いや課長。ありがとーッ！」

呆然としていた根津が叫び、いきなり丈太に抱きついてきた。

「か、係長、離れて……」

丈太はしがみつく根津に言い、懸命に身を離した。

「お、お前、いや課長に助けられるとは思わなかった。それにしても強いんだなあ……」

根津は、あらためて丈太の顔を見て、呂律《ろれつ》の回らない口調で言った。

「とにかく足元が危ないからタクシーで帰った方がいいですよ」

「いや、今ので酔いが醒《さ》めた。もう一軒行こう」

「困ります。お互い明日も仕事なんだし、今夜はもう充分すぎるほど飲んだでしよう」

丈太は宥《なだ》めるように言い、とにかく根津に肩を貸してタクシー乗り場まで運んでいった。

実際、酔いが醒めたなどと言いながら千鳥足《ちどりあし》で、丈太が支えなければ路上で寝てしまいそうである。

「じゃ、こうしよう、うちで飲もう。それなら安心だろう」

根津が言い、ちょうど来たタクシーに乗り込み、彼は丈太も引っ張り込んでしまった。

そして根津は運転手に行き先だけ告げると、そのまま眠ってしまった。

タクシーは、十五分ほどで彼の家の前に着いた。

「係長、着きましたよ、起きて下さい」

丈太は閉口しながら、昏睡している根津を揺り起こして言った。

しかし正体を失っているので、仕方なく丈太が支払いをして、彼をタクシーから引きずり降ろした。

肩を抱きながら、根津の表札のある家のチャイムを押した。

新築の一戸建てで、社から借金して建てたと聞いている。

すぐにドアが開き、根津の妻が出てきた。

前に亜矢子の社長就任パーティで会ったことがあり、名は秋子《あきこ》、まだ二十代後半である。

髪をアップにし、私服は地味だがなかなか顔立ちの整った美形で、しかも巨乳だった。

「まあ、済みません。確か滝川さん、ですよね」

「ええ、少々酔っているので手伝います」

丈太が言うと、秋子は一緒に肩を貸しながら根津を門の中に入れ、玄関から入った。

すっかりイビキをかいて玄関に座り込んだ根津の靴を脱がせ、丈太も靴を脱いで一緒に上がり込み彼を支えた。

秋子からは、生ぬるく甘ったるい匂いが漂っていて丈太の鼻腔が悩ましく刺激された。

「こっちです」

秋子が廊下の灯りを点けて案内し、奥にある寝室のドアを開けた。

丈太は脚を引きずる根津を背負うように進んで、寝室に入ると彼女が根津の上着を脱がせてネクタイを解いた。

そしてベッドに寝かせると、彼女はズボンも脱がせ、布団を掛けて寝室の灯りを消した。

根津はそのまま身を投げ出し、大イビキで眠ったままだった。

「これでいいでしょう、酔ったときは朝まで起きませんので」

秋子が言い、玄関に戻ろうとすると、

「どうかお茶でも」

彼女が誘い、丈太も少しだけリビングで休ませてもらうことにした。

ソファに座って見ると、奥の部屋にベビーベッドがあり、まだ乳幼児らしい赤ん坊が静かに眠っている。周囲にはピンクの服や玩具《おもちゃ》があるので、どうやら女の子らしい。

家も家庭もごく普通で、根津にしてみれば、勿体ないほど美形の良い奥さんである。それでも根津は釣った魚に餌《えさ》はやらないのか、社内では女子社員へのセクハラが絶えないのだ。

「ビールか水割りの方がいいかしら」

「いいえ、もう充分に飲みましたし、明日も出勤ですので」

丈太が恐縮して答えると、秋子は横にあるキッチンに立って、手際よく紅茶を淹れてくれた。

巨乳ばかりでなく、尻も実に豊かで艶《なま》めかしい。

リビングのドアが開けっ放しなので、奥の寝室からは根津の大イビキが聞こえていた。

やがて熱い紅茶を出されて飲むと、ようやく丈太も落ち着いた。

「じゃ、タクシーを呼びたいのですが」

丈太が言うなり、いきなり秋子が胸を押さえてうずくまったのである。

「だ、大丈夫ですか……」

驚いた丈太が迫って肩に手をかけると、

「ええ、胸が張って……」

秋子は小さく答え、ブラウスのボタンを外すと、ブラのフロントホックも外して白い豊かな乳房を露わにしたのである。

（うわ……）

丈太は、いきなり露出した巨乳に目を見張った。

透けるように白い肌で、しかも亜矢子以上の爆乳ではないか。

よく見ると、ブラの内側には乳漏れパッドが当てられ、濃く色づいた乳首には
ポツンと白濁の雫が浮かんでいた。
どうやら、最初から感じていた甘い匂いは、母乳だったようだ。

第四章　美人妻とアイドル

1

「胸が張って苦しいなら、吸い出せば良いのですか」

丈太は言い、苦悶《くもん》している秋子をソファに浅く座らせ、露わになった巨乳に迫った。

濃く色づいた乳首にチュッと吸い付き、滲んだ雫を舐め取ると、甘ったるい匂いが濃厚に胸に沁み込んできた。

乳首を唇に挟んで強く吸い、何度か試しているうち生ぬるく薄甘い母乳が舌を濡らしてきた。

「アア……」

秋子は顔を仰け反らせて熱く喘ぎ、彼の顔を胸に抱きすくめながらクネクネと身悶えた。

ようやく吸う要領を得ると、彼は夢中になって吸い出しては、うっとりと喉を潤した。

そういえば女房の由美が出産したときも、こんなふうに吸い出してやったことがあったのだ。その時は確か飲み込まなかったが、今は興奮に包まれながら飲み込んでいた。

何しろ秋子は、根津には勿体ないほどの美人妻なのである。

充分に吸い出して飲み尽くすと、心なしか膨らみの張りが和《やわ》らいできたようだった。

彼はもう片方の乳首も含んで吸い、甘ったるい体臭に包まれながら酔いも醒めて激しく勃起していた。

「ああ……、いい気持ち」

秋子もすっかり朦朧となり、熱く喘いで、いつしか彼の顔を抱きすくめながらソファに横になってしまったのだ。

「あ、有難うございます。楽になりました……」

息を弾ませながら秋子は言ったが、なおも両手でシッカリと彼の顔を胸に押し付けたままだ。

丈太も、もう治まらないほど興奮を高めてしまった。

彼は、執拗に左右の乳首を交互に舐めては、豊かな膨らみを揉みしだき、さらに乱れたブラウスの中に潜り込み、濃厚なフェロモンを求めるように腋の下にも鼻を埋め込んでしまった。

すると、そこには生ぬるく湿った腋毛が煙っているではないか。

（昭和だなあ……）

丈太は興奮を高め、甘ったるく籠もった汗の匂いで胸を満たした。

腋毛は根津の趣味なのか、あるいは出産以来夫婦仲が疎遠《そえん》になっている証しかも知れない。

とにかく秋子は、今は育児に専念して手入れする余裕もないのだろう。

「アア、こっちへ……」

横になったまま秋子が熱く囁き、彼の顔を引き上げて顔を迫らせた。そして彼女は自分からピッタリと唇を重ねてきたのである。

丈太も夢中になって唇の弾力を味わい、舌を挿し入れていった。

「ンンッ……」

秋子も我を忘れて燃え上がりながら熱く呻き、ネットリと舌をからめた。

しかも彼女は手を伸ばして、丈太のズボンの上から強ばりにも触れてきたのである。

丈太も美人妻の、生温かな唾液に濡れて滑らかに蠢く舌を味わいながら、スカートの中に手を差し入れていった。

吸い付くようにムッチリとした内腿を撫で上げ、彼が下着の上から割れ目を探ると、

「アアッ……！」

秋子がビクッと震えて口を離し、

「脱がせて……」

と囁いたのだ。

熱い吐息を嗅ぐと、甘く女らしい匂いに、夕食の名残か、ほのかなオニオン臭が混じって鼻腔が刺激され、丈太はケアしていないリアルな人妻という実感と興奮が湧いた。

「じゃ、腰を上げて下さい」

丈太は秋子のスカートをめくり、下着を下ろしながら囁いた。

もちろん、奥の寝室から聞こえる根津のイビキには注意を払っていた。

やがて腰を浮かせた秋子の下着を引き下ろし、両足首からスッポリ抜き取ると丈太も手早くズボンと下着を脱ぎ去り、ピンピンに勃起したペニスを露わにしてしまった。

彼は秋子を大股開きにさせて屈み込み、ムチムチと張りのある白い内腿に舌を這わせ、股間に顔を迫らせていった。

見ると黒々と艶のある茂みの下の方は、溢れる愛液を宿し、筆の穂先《ほさき》のようにまとまっている。

割れ目からはみ出す陰唇は興奮に色づき、指で広げると柔肉は大量の愛液に潤っていた。

襞の入り組む膣口が濡れて妖しく息づき、光沢あるクリトリスも、愛撫を待つようにツンと突き立っていた。

もう堪《たま》らず、丈太は顔を埋め込んでいった。

柔らかな茂みに鼻を埋め込むと、蒸れた汗の匂いが生ぬるく籠もり、悩ましく鼻腔を掻き回してきた。

丈太は胸を満たしながら舌を挿し入れ、淡い酸味のヌメリを掻き回し、収縮する膣口からクリトリスまで、ゆっくりと舐め上げていった。

「あう、気持ちいい……」

秋子がビクッと顔を仰け反らせて呻き、量感ある内腿でムッチリときつく彼の両頬を挟み付けてきた。

丈太はもがく腰を抱え込み、チロチロと舌先で弾くようにクリトリスを愛撫しては、さらに溢れてくる愛液をすすった。

「こっちを跨いで……」

すると秋子が言い、彼の下半身を求めてきたのである。丈太も、割れ目の味と匂いを貪りながら身を反転させ、彼女の顔に跨がってシックスナインの体勢になっていった。

秋子はすぐにも彼の腰を抱き寄せ、張り詰めた亀頭をパクッとくわえ、激しくしゃぶり付いてきた。

熱い鼻息が陰嚢をくすぐり、そのまま秋子はモグモグとたぐるように喉の奥まで呑み込み、幹を締め付けて吸いながら舌をからめてくれた。

彼も快感に幹を震わせながらクリトリスを吸うと、

「ンンッ……！」

秋子が呻き、反射的にチュッと強くペニスに吸い付いてきた。

しかし最も敏感な部分を互いに舐め合っていると集中出来ないのか、すぐに彼女はスポンと口を離し、

「い、入れて……」

熱くせがんできたのだった。

丈太も身を起こして向き直り、秋子の股を開かせ、片方の脚をソファの背もたれに乗せながら股間を迫らせていった。

唾液に濡れた先端を割れ目に押し付け、ゆっくり膣口に挿入していくと、

「あう、いい……！」

秋子が顔を仰け反らせて呻いた。

彼も、ヌルヌルッと滑らかに根元まで押し込み、温もりと感触を味わいながら股間を密着させた。

すると、秋子が両手を伸ばして丈太を抱き寄せてきた。

身を重ねていくと、待ち切れないように秋子がズンズンと股間を突き上げはじめた。

丈太も合わせて腰を突き動かし、何とも心地よい肉襞の摩擦と締め付け、温もりと潤いを味わいながら高まっていった。

2

「ね、上になってもいい？」

行為が佳境に入ったのに、秋子がいきなり動きを止めて囁いたのだ。

どうやら彼女は女上位が好きらしい。

実に、人妻とする行為の端々に、夫婦の好みが見えるようで興味深かった。

丈太も身を起こし、いったんヌルッと引き抜いて上下入れ替わろうとした。

「こっちへ……」

すると秋子は、ベビーベッドのある奥の部屋に彼を招いたのだ。

やはりソファでは体位に無理がある。

丈太は、ベビーベッドの横に敷かれた布団に仰向けになった。

赤ん坊は何も知らず静かに眠っており、枕には人妻の濃厚な匂いが沁み付いていた。

秋子は乱れたブラウスとスカートも脱ぎ去り、本格的に全裸になって彼の股間に跨がってきた。

もう朝まで、亭主が目を覚まさないことを確信しているようだ。

そして幹に指を添え、先端に濡れた割れ目を押し付けて息を詰めると、若いペニスの感触を味わうようにゆっくり腰を沈み込ませてきた。

再び、彼自身はヌルヌルッと根元まで嵌まり込み、彼女も完全に座り込んで股間を密着させた。

「アアッ……！」

秋子は顔を仰け反らせて喘ぎ、艶めかしく巨乳を揺すりながらキュッと締め付けた。

丈太も股間に人妻の重みと温もりを受け止め、両手を伸ばして抱き寄せた。

そして僅かに両膝を立てて豊満な尻を支え、ズンズンと股間を突き上げはじめていった。

「アア、奥まで感じるわ」

秋子も熱く喘いで腰を遣い、収縮と締め付けで彼自身を揉みくちゃにした。

高まりながら見ると、また乳首に白濁の雫が浮かび上がっている。

「飲みたい、顔に搾《しぼ》って」

丈太がせがむと、秋子も胸を突き出して自ら乳首をつまんでくれた。

すると丈太の舌にポタポタと母乳が滴ってきた。

さらに無数の乳腺から霧状になったものが顔中に降りかかって、彼は甘ったるい匂いにうっとりとなった。

「ああ、もっと飲んで……」

秋子が喘ぎ、彼の口に乳首を含ませてきた。

丈太も交互に含んで吸い出し、甘い匂いに噎せ返り、喉を潤しながら突き上げを強めた。

すると、膣内がキュッキュッと収縮し、潤いが格段に増してきた。

秋子も、好きな女上位で執拗に腰を動かしては、内部で最も感じる部分ばかり集中的に先端を強く擦り付けた。

丈太は絶頂を迫らせながら顔を引き寄せ、唇を重ねて舌をからめた。

「ンン……」

生温かな唾液をすすり、彼女の熱い呻きで鼻腔を湿らせると、

「い、いっちゃう……、アアーッ……！」

たちまち彼女が口を離し、淫らに唾液の糸を引きながらガクガクと狂おしいオルガスムスの痙攣を開始したのだった。

丈太も、熱く濃厚な吐息に鼻腔を刺激されながら、収縮に巻き込まれるように

昇り詰めてしまった。

「く……！」

快感に呻き、彼はありったけの熱いザーメンをドクンドクンと勢いよくほとばしらせ、膣内の奥深い部分を直撃したのだった。

「あ、熱いわ、もっと……」

噴出を感じると、秋子が駄目押しの快感を得たように声を上げ、丈太も激しく股間を突き上げ、心置きなく最後の一滴まで出し尽くしていった。

（とうとう人妻と、しかも上司の奥さんと……）

すっかり満足しながら丈太は思い、徐々に突き上げを弱めていった。

もっとも、もう根津は上司ではないのだが、入社以来、苛《いじ》められた記憶の方が多いのである。

「アア……、こんなに良かったの初めて……」

秋子も満足げに声を洩らし、肌の強ばりを解いて力を抜くと、グッタリと彼にもたれかかってきた。

まだ膣内は貪欲に締まり、刺激された幹がヒクヒクと過敏に跳ね上がった。

「あう……」

秋子も敏感になって呻き、答えるようにキュッキュッと締め上げてきた。

丈太は、熱く濃厚な吐息の匂いで悩ましく鼻腔を刺激されながら、うっとりと快感の余韻を味わったのだった。

まだ奥の寝室からは、根津のイビキが聞こえているし、隣の赤ん坊も静かに眠っている。

重なったまま呼吸を整えると、やがてノロノロと秋子が身を起こした。

「シャワー使いますか」

「いえ、帰宅してから浴びることにします」

訊かれ、彼は答えた。

済んだとなると、少しでも早く帰りたくなるのが人情だ。

「でも、顔中私のお乳でヌルヌルよ」

「ええ、奥さんの匂いを感じながら帰りますので」

言うと秋子はティッシュで自分の割れ目を拭いながら屈み込み、まだ愛液とザーメンに濡れているペニスにしゃぶり付いてきたのである。

「あう、ど、どうか、もう……」

丈太は腰をよじって言ったが、

「今度は私が滝川さんのミルクを飲んであげる」

股間で囁くと、執拗に舌をからめてきた。

もう無反応期は過ぎたし、何しろ色っぽい人妻がしゃぶっているので、たちまち彼自身は秋子の口の中で、唾液にまみれながらムクムクと回復しはじめてしまった。

勃ってしまったら、もう愛撫と快感に身を任せるしかない。

丈太が身を投げ出すと、秋子も念入りに舌を蠢かせ、いったん口を離すと陰嚢までしゃぶってくれた。睾丸が転がされ、充分に袋全体が唾液にまみれると、再び秋子はスッポリと呑み込み、顔を上下させはじめた。

「ああ、気持ちいい……」

スポスポとリズミカルに摩擦され、丈太は急激に高まりながら喘いだ。

そして彼もズンズンと股間を突き上げて摩擦を強めると、たちまち二度目の絶頂を迎えてしまったのだ。

やはり五十九歳の未来と違い、少々酔っていても、さすがに二十三歳の若い肉体は立て続けに出来るようだ。

「い、いく……」

丈太が快感に喘ぎ、二度目とも思えない量のザーメンを噴出させると、

「ク……」

喉の奥に受けた秋子が呻き、なおも摩擦と吸引を続行してくれた。

丈太は心ゆくまで快感を嚙み締め、最後の一滴まで出し尽くしてしまったのだった……。

3

「おはようございます。課長、ゆうべはお世話になりました」

朝、丈太がオフィスに入ると、根津係長が揉み手するようにすり寄ってきて言った。

昨夜、根津は泥酔していても、丈太に暴漢から助けられ、家まで送ってもらったことは覚えているようだった。

「いえ、こちらこそ」

丈太も、あのあと彼の妻と濃厚なセックスをしてしまった後ろめたさを感じながら答えた。

あれからタクシーを呼んでもらい、丈太はアパートに戻ってシャワーを浴び、

余韻に浸りながら眠ったのである。

根津は何も知らずに朝起き、少々の二日酔いで秋子が作った朝食を済ませて出勤してきたのだろう。

もちろん秋子は、根津以上に強《したた》かだから、不倫の痕跡など微塵も残さず普通に振る舞ったに違いない。

周囲の人たちも、丈太に対する根津の態度の急変に目を丸くしていた。

「ゆうべ、あれから何かあったんですか？」

「いや、チンピラにからまれたら、課長が助けてくれたんだ。強いんだぜ。チンピラを投げ飛ばしたんだからな」

誰かに訊かれると、根津はミーハーのように言って丈太を讃《たた》えた。

そんな彼の言葉に、由美や美鈴が目を見張り、見直したように丈太の方を見ていた。

そこへ社長の亜矢子が入ってきて、丈太に言った。

「当社のテレビＣＭが決まったわ。今日撮影に入るので、滝川さんは立ち会いに行って」

言われて丈太も、前に会議に出たＣＭの話が早くも実現したことを喜んだ。

「分かりました。それでタレントは？」

「歌手の浅山《あさやま》めぐみよ」

「わあ……」

それを聞き、メガネ美女の美鈴が歓声を上げた。どうやら彼女はめぐみのファンで、妹のように思いながらレコードを全て買っているらしい。

「じゃ、立原さんも同行して」

すると亜矢子は、美鈴も指名したのである。

「は、はい、頑張ります」

美鈴は舞い上がり、丈太は意外に思った。

確かめぐみはまだ二十歳ぐらいのはずだが、この図書委員風の知的なメガネ美女が、十歳近く年下のアイドルを好きということに驚いていた。

やがて丈太は、スタジオの場所を亜矢子に訊くと、頬を紅潮させている美鈴を促《うなが》して社を出た。

「信じられません。浅山めぐみに会えるなんて」

「そんなに好きなの？」

「はい、何でも教えたくなる理想的な妹分のイメージなんです」

「へえ、それは意外」

丈太は言いながら、タクシーを拾って一緒に乗り込んだ。彼は、たまにテレビで歌っているめぐみを見たことがある程度だった。

やがてスタジオに着き、入ると丈太はディレクターとマネージャーに挨拶して新たに作った課長の名刺を交換した。

すでにリハーサルが始まっているようで、バックにはサガーヤのロゴが入り、めぐみが新製品を前に説明していた。

リハが終わると、めぐみも丈太と美鈴に挨拶に来て名刺を渡し、美鈴は相当に緊張しているようだった。

それでも美鈴はめぐみに話しかけ、彼女も気さくに答えて談笑した。

「じゃ、本番に行きます」

ディレクターに言われ、めぐみはメークを確認してもらってからまたカメラの前に立った。

それまで美鈴は、彼女のデビューから数々の曲の話で盛り上がり、めぐみとすっかり打ち解けて満足しているようだった。

そして丈太も本番に立ち会い、モニターも確認してＯＫを出した。

丈太が、サガーヤの社長代理で来ていることを知っているので、みな丁重《ていちょう》な扱いだった。

「では、今日はこれで終了になります」

ディレクターが言い、

「今後の打ち合わせなどもしたいのですが」

丈太に言った。

「分かりました。では立原さんは先に社に戻っていいですよ」

丈太が言うと、美鈴は名残惜しげにめぐみと握手し、後ろ髪を引かれながらスタジオを出ていった。

丈太は、ディレクターのバンで、めぐみやマネージャーとホテルのレストランへ移動し、そこで昼食を囲みながら打ち合わせをした。

おそらくCMは大評判になるので、その続編もという話だったから、丈太も前向きな返事をした。

確かにめぐみは可憐だし、育ちの良さそうなお嬢様カットに清楚な服が良く似合う。

ただ当時の丈太は一部の女優や、出始めのAVばかりに夢中だったから、アイドル系には興味がなく、めぐみでオナニーしたこともなかった。

やがて食事を終えると、一同は立ち上がった。

「じゃ、今後ともよろしく。めぐみちゃんは夕方迎えに来るからね」

ディレクターはそう言い、マネージャーも一緒にホテルを出ていってしまい、丈太とめぐみが残った。

「ホテルにお部屋を取ってあるんです」

めぐみが言う。どうやら夕方の仕事まで、部屋で休憩するらしい。

「いらっしゃいます？　少しご相談もあるし」

めぐみがモジモジと言うので、丈太も興味を惹《ひ》かれて一緒にエレベーターに乗った。

上階にある彼女の部屋に入ると、そこはごく平凡なツインだ。隅にはバッグがあり、着替えなどもベッドに置かれていた。

めぐみは甲斐甲斐しくお茶を淹れてくれ、丈太も椅子に座った。

「CM初めてなんで嬉しいです」

彼女も椅子に掛け、笑顔で言った。

「そう、それで相談というのは？」

「はい、実は映画で濡れ場をしないかという話があるのですが、今後ともサガーヤさんのCMを続けるなら、清純なイメージの方が良いと思って、少し迷っています」

めぐみが言い、丈太も思い出した。

そういえば一本そうした映画に出て評判を落とし、元のイメージに戻すのに苦労したという話があったのである。

「それは、止した方がいいね。今のイメージを大事にした方が」

丈太が言うと、めぐみも心が決まっていたように笑顔で頷いた。

「そうですよね。じゃ、断ります」

素直な彼女を前にし、丈太はいつしかムクムクと股間を妖しく疼《うず》かせはじめてしまったのだった。

「でも私、表には出さないけど案外エッチなこと、好きなんです」

「うわ、そうなの？」

めぐみの言葉に、丈太は痛いほど股間を突っ張らせながら訊いた。

確かに清純派でも、心の中は奔放で、人に見られたり演じたりすることも性《しょう》に合っているのだろう。

そして話を訊くと、すでに男を二人知っているらしい。

最初は高校時代に恋仲になった田舎《いなか》の同級生で、二人目はデビューしてからテレビ局の妻子持ちと。

すでに二人とも別れ、今は実際忙しくて男と付き合うどころではないようだ。

同じ昭和でも、未来の妻である由美は処女だったのに、それより年下のめぐみはすでに二人知っているのだから、やはり人それぞれなのだろう。

「僕と、してみない？」

思い切って、丈太は言ってみた。部屋に誘ったのだから、彼女もその気かも知れないと思ったのである。

「滝川さん、私としてみたいですか？」

「そ、それはもちろん。さっきの立原君と同じぐらい、僕は君のファンだったのだからね」

心にもないことを口にしたが、欲望だけは本当である。

「ああ、さっきのメガネのお姉さん、素敵でした」

「そう、彼女喜ぶよ。それより」

「ええ、構いません。どうせ夕方まで一人だから」

めぐみが言う。まだ携帯もない時代だから、いきなり連絡が来ることもなさそうだ。

「じゃ、脱ごうか」

「急いでシャワー浴びてきますね」

「い、いや、そのままでいいよ」

丈太は慌てて押しとどめた。超アイドルのナマの匂いなど、この機会を逃したら嗅げないだろう。

「だって、ゆうべお風呂に入ったきりで、今日も朝からずっと動き回って汗かいてるから……」

「じゃ、僕だけ急いで洗ってくるから、そのままで待ってて」

丈太は言って上着だけ脱ぐと脱衣所へ行き、手早く全裸になった。

そして歯磨きしながらシャワーを浴び、腋と股間を擦って洗いながら口をすすぎ、勃起しているのに苦労して放尿まで済ませた。

慌ただしく身体を拭いて腰にバスタオルを巻き、最短時間で脱いだ服を抱えて部屋に戻ると、めぐみも脱ぎはじめてくれていた。

僅かな中座なのに、室内には甘ったるい匂いが立ち籠めていた。彼女が脱いでいるため、服の内に籠もっていた熱気が解放されたのだろう。

「明るいままでいい？」

「ええ、恥ずかしいけど構いません」

訊くと、一度は濡れ場さえ覚悟した彼女は頷き、最後の一枚を脱ぎ去った。

そして清らかな白い肌と、見事なプロポーションを惜しげもなく露わにし、ベッドに仰向けになっていった。

「なんて綺麗だ……」

丈太は、天使のような肢体を見下ろして嘆息《たんそく》した。

今まで彼女に興味がなかった自分は、なんて愚か者だったのかと思うほどであった。

4

やがて丈太も腰のタオルを外し、彼女の白い胸に屈み込んでいった。

そして清らかなピンクの乳首にチュッと吸い付き、顔中で膨らみを味わいながら、舌で転がしはじめた。

「アア……、いい気持ち」

めぐみがクネクネと悶えはじめて喘ぎ、丈太も夢中になって乳房を愛撫した。

両の乳首を交互に味わうと、ほんのり汗ばんだ胸元や腋から、生ぬるく甘ったるい汗の匂いが漂った。

肌を伝い、彼女の吐息も感じられたが、それは清らかで甘酸っぱい果実臭だ。

由美の匂いに似ているが、彼女は熟れたイチゴかリンゴ系で、めぐみは新鮮な桃の匂いだった。

左右の乳首を充分に舐め回すと、丈太はめぐみの腕を差し上げ、ジットリ湿った腋の下に鼻を埋め、濃厚に甘ったるい汗の匂いを貪った。

一体全国何万人のめぐみファンが、彼女の体臭を嗅ぎたいと思ってオナニーしていることだろう。

アイドルの匂いを胸いっぱいに嗅ぎながら、スベスベの腋を舐めると、

「あう、くすぐったいです」

めぐみが身をよじって声を震わせた。

そのまま丈太は滑らかな肌を舐め下り、形良い臍を探り、下腹に耳を押し当てて弾力を味わった。

奥からは、昼食の消化音が微かに聞こえ、やはり天使ではなく生身の人間なの

だと、あらためて思った。

そして腰から股間のY字になった水着線に舌を這わせると、そこもくすぐったいようで彼女は腰をくねらせた。

まだ股間は後回しにし、スラリとした脚を舐め下り、足裏にも舌を這わせて縮こまった指にも鼻を割り込ませ、蒸れた匂いを貪った。

そして爪先にしゃぶり付き、指の股に舌を挿し入れ、汗と脂の湿り気を味わうと、

「あう、ダメ……」

めぐみがビクリと反応して呻いた。

それでも彼は両足とも味と匂いを堪能し尽くし、ようやく脚を開かせ、内側を舐め上げていった。

白くムッチリと張りのある内腿をたどり、熱気の籠もる股間に迫ると、なんと割れ目は驚くほど大量の蜜にヌラヌラと潤っているではないか。

神聖な丘に煙る若草は楚々とし、実に薄いのは、水着になることもあるので手入れされているのだろう。

指で小振りの陰唇を左右に広げると、

「あん……！」

触れられためぐみが声を洩らし、身を強ばらせた。

綺麗なピンクの柔肉が蜜に濡れ、花弁状の膣口が息づき、包皮の下からは真珠色のクリトリスがツンと顔を覗かせていた。

とうとうアイドルの神秘の部分までたどり着き、彼はファン代表のつもりで顔を埋め込んでいった。

若草に鼻を擦りつけて嗅ぐと、蒸れた汗と残尿臭が悩ましく鼻腔を掻き回し、胸に沁み込んできた。

執拗に嗅ぎながら舌を這わせると、生ぬるい蜜が滑らかに迎え、彼は膣口の襞を探り、ゆっくり味わいながらクリトリスまで舐め上げていった。

「アアッ……！」

めぐみが身を弓なりにさせて喘ぎ、内腿できつく彼の顔を挟み付けてきた。

丈太はチロチロと舌を這わせ、味と匂いを貪り、さらに彼女の両脚を浮かせ、尻の谷間にも鼻を埋め込んでいった。

可憐な薄桃色の蕾にも蒸れた微香が籠もり、弾力ある双丘が顔中に密着してきた。丈太はそこにも舌を這わせ、ヌルッと潜り込ませて滑らかな粘膜を探っていった。

「も、もうダメ、変になりそう……」

めぐみが、前も後ろも舐められて、嫌々をしながら声を震わせた。

丈太も、ようやく股間から這い出して添い寝し、彼女にピッタリと唇を重ねていった。

「ンン……」

舌を挿し入れて滑らかな歯並びを舐めると、めぐみも熱く鼻を鳴らして舌をからめてくれた。

丈太は、アイドルの唾液を味わい、滑らかに蠢く舌を執拗に舐め回した。

そして熱く甘酸っぱい桃臭の吐息を嗅ぎながら、彼女の手を取ってペニスに導いた。

するとめぐみも、ほんのり汗ばんだ手のひらで幹をやんわりと包み込んだ。

探るようにニギニギと動かされると、彼はゾクゾクと快感を高めた。

やがて丈太は唇を離し、仰向けに受け身体勢になっていくと、めぐみも心得たように上になってきた。

彼が大股開きになると、めぐみはその真ん中に腹這い、可憐な顔を股間に迫らせてきた。

するとすると長い黒髪がサラリと股間を覆い、中に熱い息が籠もった。

めぐみは自分から幹に指を添え、先端に舌を這わせてきた。粘液の滲む尿道口をチロチロと舐め、張り詰めた亀頭をしゃぶり、そのままスッポリと喉の奥まで呑み込んでくれたのだ。

「ああ、気持ちいい……」

丈太は快感に喘ぎ、めぐみの口の中でヒクヒクと幹を震わせた。

恐る恐る股間を見ると、テレビやグラビアでしか見たことのない可憐なアイドルが、上気した頰をすぼめて吸い、ペニスを頰張っているのだ。

めぐみの口の中は温かく濡れ、舌がからまるたびに清らかな唾液がペニスを濡らした。

快感に任せて思わずズンズンと股間を小刻みに突き上げると、

「ンン……」

喉の奥を突かれためぐみが小さく呻き、たっぷりと唾液を出しながら自分も顔を上下させた。

そして可憐な口がスポスポとリズミカルな摩擦を繰り返すと、たちまち丈太は絶頂を迫らせていった。

「い、いきそう……」

彼が警告を発すると、めぐみはチュパッと軽やかな音をさせて口を離した。

「入れていいですか」

「中出しして大丈夫なの？」

「はい、平気です」

彼女が言うので、避妊の方も問題ないのだろう。

「じゃ、跨いで入れて」

丈太は、ふと昨夜の秋子の女上位を思い出しながら言った。やはり自分は、女性を下から仰ぐのが好きなのだなと思った。

「私が上でいいんですか」

「うん、綺麗な顔を下から見上げたいんだ」

言うとめぐみも身を起こし、彼の上を前進してきた。

そして股間に跨がり、先端に濡れた割れ目を押し当ててきた。

「なんか、すごい久しぶりです……」

位置を定めながら彼女が言う。してみると、二人目の男と別れてから数年経っのだろう。

やがてめぐみが、息を詰めてゆっくり腰を沈み込ませてくると、彼自身はヌルヌルッと滑らかな肉襞の摩擦を受け、根元まで呑み込まれていった。

彼女はぺたりと座り込んで股間を密着させ、丈太は熱いほどの温もりと潤い、きつい締め付けと収縮に包まれて快感を嚙み締めたのだった。

「アアッ……、すごい……」

めぐみが顔を仰け反らせて喘ぎ、久々のペニスを味わうようにキュッキュッときつく締め上げてきた。

そこは、やはりウブな由美とは違い、まだ二十歳ばかりでも膣感覚の快感を充分に知っているのだろう。

丈太は股間に重みと温もりを感じながら快感を嚙み締め、やがて両手を回して抱き寄せた。

めぐみが身を重ねてくると、張りのある乳房が胸に押し付けられて心地よく弾み、彼は両膝を立てて尻を支えた。

じっとしていても、若々しい熱気と締め付けが、息づくようにペニスを賞味しているようだ。

丈太も両手を回してシッカリ抱き留めながら、ズンズンと股間を突き上げはじめると、

「あう、いい気持ち……」

めぐみが熱く呻き、合わせて腰を動かした。

溢れる愛液で、律動はたちまち滑らかになり、クチュクチュとリズミカルな摩擦音が聞こえた。

めぐみはかなりジューシーで、大量の愛液が溢れて陰嚢の脇を伝い流れ、彼の肛門の方まで生ぬるく濡らしてきた。

次第に勢いを付けて突き上げを強めながら、丈太はめぐみの喘ぐ口に鼻を押し込み、濃厚に甘酸っぱい桃の吐息で胸を満たした。

アイドルのかぐわしい吐息を胸いっぱいに嗅げるなど、何という贅沢なことだろう。

「しゃぶって……」

囁くと、めぐみも厭わず彼の鼻の穴を舐め回してくれた。

さらに彼が顔中を押し付けると、めぐみも顔中に舌を這わせた。

それは舐めるというよりも、トロリと吐き出した唾液を舌で塗り付けるように

大胆な動きで、たちまち丈太の顔中はパックされたように生温かく清らかな唾液にヌラヌラとまみれた。

アイドルの唾液のヌメリと吐息の匂いに彼が高まると、先に、

「い、いい気持ち……、いく、アアーッ……！」

めぐみが声を上ずらせ、ガクガクと狂おしいオルガスムスの痙攣を開始したのだった。

膣内の収縮も最高潮になり、何やら彼の全身まで吸い込まれそうだった。

たちまち続いて丈太も絶頂に達し、

「く……！」

大きな絶頂の快感に呻きながら、ありったけの熱い大量のザーメンをドクンドクンと勢いよくほとばしらせてしまった。

「あう、すごい……」

噴出を感じためぐみが口走り、さらに飲み込むようにキュッキュッときつく締め上げてきた。

丈太は心ゆくまで快感を嚙み締め、最後の一滴まで出し尽くしていった。

満足しながら突き上げを弱めていくと、

「ああ、こんなに良かったの初めてです……」

めぐみも満足げに肌の硬直を解き、グッタリと遠慮なく彼に体重を預けながら言った。

何やら、昨夜の秋子もそんなことを言っていたが、ろくに経験もなく未熟な自分の愛撫で、人妻やアイドルが絶頂に達してしまうというのが、丈太は実に誇らしかった。

まだ息づくような収縮が続き、丈太が入ったままの幹をヒクヒクと過敏に震わせると、

「ああ、まだ動いてるわ」

めぐみが熱く囁き、彼は果実臭の息を嗅ぎながら、うっとりと余韻を味わったのだった。

やがて重なったまま呼吸を整えると、

「もう洗っていいですね」

めぐみは言い、ベッドを下りてバスルームに入っていった。

丈太も一緒に入ると、さすがにラブホテルではないからバスルームは狭く、便器もあるので二人でバスタブに入ってシャワーを浴びた。

そして股間を洗い流すと、たちまち彼自身はムクムクと回復し、元の硬さと大きさを取り戻してしまった。

「まあ、もうこんなに……」

めぐみも気づいて言い、そっと指でいじってくれた。

「でも私、さっきすごく激しくいったから、またすると夜のスケジュールがこなせなくなるかも」

「ええ、もう入れなくていいですよ。それより、こうして」

丈太は言い、バスタブの中に座り込み、めぐみを目の前に立たせた。さらに両脚をバスタブのふちに乗せ、彼の顔を跨ぐようにさせた。

「アア……、恥ずかしいわ……」

通常より大股開きになり、彼女が声を震わせた。

「そのままオシッコしてみて」

丈太が激しい願望を口にすると、

「ええッ……、そんなの無理です……」

めぐみは、脚をM字にさせたまま尻込みして答えた。

「ほんの少しでいいから。一度でいいから出るところを見たいので」

ピンピンに勃起しながら懇願すると、めぐみもその姿勢を崩さないので、あるいは僅かながら尿意を覚えたのかも知れない。

言いながら割れ目に鼻と口を押し当てると、残念ながら濃厚だった悩ましい匂いは薄れてしまったが、それでも舐めると新たな愛液が溢れ、すぐにも舌の動きがヌラヌラと滑らかになった。

「アア……、顔にかかりますよ……」

めぐみが朦朧としながら喘ぎ、彼は返事の代わりに舐め続けた。

すると柔肉の奥が迫《せ》り出《だ》すように盛り上がり、味わいと温もりが変化してきたのだ。

「あう、本当に出ます、離れて……」

めぐみが言うなり、チョロチョロと熱い流れがほとばしってきた。

丈太は感動しながら舌に受けて味わったが、それは薄めた桜湯《さくらゆ》のように淡く清らかなもので、飲み込むのも抵抗がなかった。

いったん放たれると止めようもなく、勢いが増すと口から溢れた分が胸から腹へ温かく伝い流れ、回復したペニスが心地よく浸された。

「アア……、変な気持ち……」

めぐみは息を弾ませながら、ゆるゆると放尿していたが、ピークを越えると急に勢いが衰え、間もなく流れは治まってしまった。

丈太は残り香の中で、ポタポタ滴る残りの雫をすすり、舌を這い回らせた。

「も、もうダメです……」

めぐみが言って脚を下ろしてしまい、またシャワーで股間を洗い流した。

そして力尽きたようにバスタブの中に座り込んだので、彼は入れ替わりに身を起こし、バスタブのふちに座るとめぐみの顔の前で股を開いた。

するとめぐみも心得たように、両手で幹を包み込み、舌を伸ばして先端をチロチロと舐め回してくれたのである。やはり彼がもう一度射精しないと治まらないことが分かっているのだろう。

「ああ、気持ちいい……」

丈太はアイドルの口の中で、最大限に勃起しながら喘いだ。

めぐみも深々と呑み込み、顔を前後させ、濡れた口でスポスポと強烈に摩擦しはじめた。

もう我慢したり長引かせることもないので、彼も快感を解放して愛撫を受け止めたが、やはり美女の口を汚すことに禁断の興奮を得た。

（いいのかな……）

一瞬ためらったが、めぐみの愛撫の勢いが激しいので、彼はそのまま昇り詰めてしまった。

「い、いく……！」

突き上がる大きな絶頂の快感に口走りながら、ありったけの熱いザーメンをドクンドクンと勢いよくほとばしらせると、

「ク……、ンンッ……！」

喉の奥を直撃されためぐみが呻き、噎せそうになって口を離した。

すると余りの噴出が美しい鼻筋に飛び散り、口の周りを濡らして顎から淫らに滴った。

それでもめぐみは指の愛撫を続行し、最後の一滴が出るまで尿道口を舐め回してくれたのである。

もちろん口に飛び込んだ第一撃は飲み込んでくれたようだ。

「あうう、も、もういい、有難う……」

丈太は、過敏に幹を震わせながら言い、余韻を味わったのだった……。

5

「あれからどうでした」

丈太がめぐみと別れて社へ戻り、亜矢子に報告してからオフィスに来ると、すぐに美鈴が顔を輝かせて訊いてきた。

「ええ、次のCMの打ち合わせを、食事しながら」

「めぐみちゃんと食事ですか、羨《うらや》ましいです」

美鈴も、相当めぐみが好きなようだ。

「ああ、彼女は立原さんのことを素敵なお姉さんだって言ってましたよ」

「本当ですか、嬉しい」

美鈴が頬を染めて言ったが、まさか丈太がめぐみと濃厚なセックスをしたなどとは夢にも思っていないだろう。

「また会えますよ。今回のCMの完成映像を近々見に行くんだから」

「私も行っていいですか」

「もちろん、僕と立原さんが担当なんだから」

言うと、美鈴は身悶えんばかりに興奮していた。

この知的美女のミーハーな部分に驚きつつ、丈太は美鈴から漂う生ぬるく甘ったるい匂いに、また股間がムズムズしてきてしまったのだった。全く相手さえ変われば、無限に淫気が湧いてしまうようだ。

「ＣＭの立ち会い、お疲れ様でした」

すると根津も寄ってきて丈太に言った。

どうやら彼も、すっかり憑《つ》き物《もの》が落ちたように真面目になっているので、解雇の未来は変えられることだろう。

「いえ、恐れ入ります」

「またうちへ遊びに来て下さい。女房が言うんです。送ってもらって世話をかけたのだから、今度は夕食に招待したいって」

「そうですか。奥様にもよろしくお伝え下さい」

丈太は、何一つ疑っていない根津に答えた。

その後、夕刻の定時まで仕事をし、丈太は退社することにした。

美鈴は、一緒に夕食でもして、めぐみのことなど話したいようだったが、彼は昨日も今日も充分すぎるほど体験したので、大人しく一人で帰ることにしたのだった。

そして丈太は帰りに本屋へ寄り、めぐみの写真集を買ってしまった。アパートに戻って写真集を開き、この清純なアイドルの隅から隅まで味わったと思うと、彼は初めてこの時代に来てオナニー衝動に駆られたのだった。

もちろん明日も、何か良いことがありそうなのでオナニーは我慢し、丈太は夕食と風呂を済ませた。

そしていつもの習慣で、未来の出来事を思い出しては、一つ一つメモしてから寝たのだった。

そして翌日には、ディレクターから連絡があり、CMの完成試写に呼ばれ、丈太は美鈴と一緒に出向いていった。

もちろんめぐみも来ていて、皆でCM映像を見た。

撮影時と違い、完成品はBGMも入り、効果的なロゴの合成もあって上出来だった。

そしてスタッフは解散し、めぐみも今日はオフだと言うので、三人で昨日と同じレストランに行って昼食を摂《と》った。

美鈴は舞い上がり通しで、ろくに味わわずめぐみとばかりお喋りしていた。

そして彼女は今日もホテルの上階に部屋が取ってあると言うので、丈太は美鈴と一緒にめぐみの部屋へと誘われたのである。

そこで丈太は、このあとまさか人生で初の三人プレイに発展するなど、その時は夢にも思わなかったのだった。

第五章　二人がかりの愛撫

1

「お二人にお願いがあるんです……」

お喋りが一段落すると、めぐみがオズオズと丈太と美鈴に言った。

「ええ、何かしら？」

アイドルからの頼み事というので、美鈴が身を乗り出して訊いた。

「ええ、あまりに変なお願いなので、もし無理なら忘れて欲しいんです。でもお二人とも信頼出来る人と見込んだので」

「ええ、構わず何でも言って下さい」

丈太もめぐみに言った。

何しろ昨日は彼女の写真集まで買って、その肉体の隅々まで知っている上、あらためて彼女に会うと、さっきから股間が熱くなって仕方がなかったのだ。

「実は、三人でエッチなことしてみたいんです……」

めぐみの言葉に、丈太は思わずドキリと胸を高鳴らせた。

セックスのことをエッチするという言い方は、平成時代に明石家《あかしや》さんまが言い出したことと記憶しているが、この昭和でもめぐみはエッチなことと言った。

「そ、それって、3Pのこと……？」

美鈴も驚いたようだが、抵抗感や嫌悪感を抱いた様子はない。

何しろ、すでに丈太とは深い仲だし、美鈴はめぐみに会って激しい喜びに包まれているのだ。

「ええ、女同士で触れ合うことになるので、美鈴さんが嫌なら諦《あきら》めます」

「わ、私は構わないわ。前から女同士で戯《たわむ》れてみたいと思っていたし、めぐみさんなら」

美鈴が即答したので、丈太はそちらの方に驚いた。

あるいは学生時代から、レズビアンごっこの経験ぐらいあるのかも知れないし、めぐみもまた、そんな体験があって抱いた願望なのではないか。

「じゃ、いいんですか」

「ええ、まず二人で滝川さんを味わいましょう。みんな脱いで」

たちまち美鈴が、リーダーのように言って立ち上がった。

実際、二十九歳の美鈴がここでは最年長である。

丈太も本当は五十九歳の心を持っているが、今の肉体は二十三歳だから、ここは美鈴に従おうと思った。

二人が脱ぎはじめると、安心しためぐみもブラウスのボタンを外しはじめ、その表情は興奮と期待に上気しはじめていた。

(3Pか……)

丈太は、生まれて初めての体験に、脱ぎながら指が震えた。

しかし決まってしまえば女二人の方が度胸があるようで、手早く全裸になっていった。

服の内に籠もっていた熱気が解放され、たちまち室内には女性たちの匂いが生ぬるく立ち籠めはじめた。

みるみる露わになっていく白い肌に勃起しながら、丈太もためらいなく全裸になってベッドに横たわっていった。

丈太は二人のどちらとも肉体関係を持っているが、一度に二人が相手となると彼の興奮も倍加していた。

丈太が仰向けになると、一糸まとわぬ姿になった二人もベッドに上がり、左右から彼を挟み付けてきた。

もちろん美鈴は、彼が好むのを知っているので、全裸になってもメガネだけは掛けたままでいてくれた。

その二人が、まるで申し合わせたように彼の左右の乳首に、同時にチュッと吸い付いて、あっという間に連係プレイとなっていったのだった。

「ああ、気持ちいい……」

丈太は、両の乳首を二人の美女に舐められて快感に喘いだ。

二人の熱い息が肌をくすぐり、チロチロと滑らかに舌が這い回り、しかもめぐみの長い黒髪も心地よく肌を撫でた。

「か、嚙んで……」

丈太が思わず興奮に任せて言うと、美鈴とめぐみは同時にキュッと綺麗な歯並びで左右の乳首を嚙んでくれた。

「あう……、いい、もっと強く……」

丈太が甘美な刺激にクネクネと身悶えてせがむと、二人もやや力を込めて愛撫してくれた。

そして二人は徐々に彼の肌を舐め下り、脇腹にもキュッと歯を食い込ませながら股間に向かっていった。

もちろん彼自身は、最大限に張り詰め、初めての体験でヒクヒクと期待に上下している。

しかし二人は彼の股間を避け、腰から脚を舐め下りていったのである。

まるで丈太が日頃から女体に対し、股間を最後に取っておくようなパターンだった。

美鈴も一見リードしているように見えるが、先に行動するめぐみに倣《なら》っているようだ。

やはりめぐみのしたいことを尊重し、同じように合わせているのだろう。

脚のあちこちにも歯が立てられ、丈太は何やら美女たちに全身の縦半分ずつ食べられているような心地になった。

しかも二人は彼の両の足裏を舐め回し、厭わず爪先にしゃぶり付き、順々に指の股に舌を割り込ませてきたのである。

「あう、いいよ、そんなことしなくて……」

丈太は申し訳ない快感に呻いたが、どうも相手を悦ばせるというより、二人は自分たちの欲望で彼を賞味しているようだ。

両の爪先がめぐみと美鈴にしゃぶられ、まるで生温かなヌカルミでも踏んでいるような快感があり、彼は唾液に濡れた指先でそれぞれの滑らかな舌をキュッと挟んだ。

ようやくしゃぶり尽くすと二人は口を離し、彼を大股開きにさせて脚の内側を舐め上げてきた。

「あう……」

内腿も噛まれると、彼は甘美な刺激にビクッと反応して呻いた。微妙に非対称な刺激に、否応《いやおう》なくクネクネと悶えてしまった。

やがて二人が頬を寄せ合い、混じり合った息を股間に籠もらせると、めぐみが彼の両脚を浮かせて尻に舌を這わせた。

美鈴も尻の丸みに歯を立て、順番を待っていると、めぐみの舌先がヌルッと潜り込んだ。

「く……」

彼は妖しい快感に呻き、肛門で美人アイドルの舌を締め付けた。中で舌が蠢くと、勃起した肉棒が内側から刺激されたように、ヒクヒクと歓喜に震えた。

めぐみが舌を離すと、すかさず美鈴が同じように肛門を舐め回し、舌先を潜り込ませた。

「あう、気持ちいい……」

立て続けだと、それぞれの感触や蠢きの違いが分かり、そのどちらにも彼は激しく反応した。

それにしても、何という贅沢な快感であろう。

ようやく美鈴が舌を離すと彼の脚が下ろされ、二人は顔を寄せ合い同時に陰嚢を舐め回した。

股間に熱い息が籠もり、それぞれの睾丸が舌に転がされ、たまにチュッと吸い付かれた。

やがて袋全体がミックス唾液に生温かくまみれた。

2

「ああ、いきそう……」

丈太は、まだペニスに触れられていないのに絶頂を迫らせて喘いだ。

しかしめぐみと美鈴は、自分たちのペースで愛撫を続けていた。

充分に陰嚢を舐め回すと、二人は前進し、いよいよピンピンに屹立した肉棒の裏側と側面を同時に舐め上げてきた。

滑らかな舌が先端まで来ると、先にめぐみは粘液の滲む尿道口をチロチロ舐め回し、すぐに美鈴と交代した。さらに二人は同時に張り詰めた亀頭にしゃぶり付いてきたのだ。

女同士の舌が触れ合っても、全く二人は気にならないらしい。

恐る恐る股間を見ると、美人アイドルと清楚なメガネOLが息を弾ませて舌を這わせている。

まるで美しい姉妹が、一つの果実を食べているようだ。あるいはレズビアンのディープキスにペニスを割り込ませているようでもある。

やがて交互にスッポリ呑み込み、吸い付きながらチュパッと離すと、すぐにもう一人が含んで同じようにした。

「アア……」

代わる代わる含まれると、あまりの快感に丈太は、もうどちらの口の中にいるのか分からなくなるほど朦朧となって喘いだ。

股間には混じり合った熱い息が籠もり、ペニス全体はミックス唾液にどっぷりっと浸り、絶頂を迫らせてヒクヒクと震えた。

「い、いく……！」

とうとう丈太は堪えきれずに口走り、強烈なダブルフェラで絶頂に達してしまった。

もちろん二人は愛撫を止めず、彼がドクンドクンと勢いよく射精すると、ちょうど含んでいためぐみが呻き、すぐに口を離すと、すかさず美鈴がパクッとくわえて余りを吸い出してくれた。

「ンンッ……」

丈太は激しすぎる快感に身悶えながら、心置きなく最後の一滴まで出し尽くしてしまった。

「あうう、すごい……」

美鈴も動きを止め、亀頭を含んだまま口に溜まったザーメンをコクンと飲み下すと口を離した。そして幹をしごきながら、尿道口に脹らむ余りの雫まで、二人で舌を這わせて舐め取ってくれた。

もちろんめぐみも、口に飛び込んだ濃厚な分は飲み込んだようだ。

「く……、も、もういい、有難う……」

丈太は二人の舌の刺激に呻き、ヒクヒクと過敏に幹を震わせて降参した。

ようやく二人も舌を引っ込めて顔を上げ、チロリと舌なめずりしながら顔を見合わせてクスッと肩をすくめた。

僅かの間に、女性二人はすっかり心を通わせているようだ。

「ね、回復するまで、二人で何でもしてあげるから言って下さい」

美鈴が言い、その言葉だけで丈太はすぐにも回復しそうになってしまった。

「じゃ、足を舐めたい……」

余韻の中で息を弾ませて言うと、二人も一緒に立ち上がり、彼の顔の左右にスックと立ってくれた。

清らかなアイドルと美人ＯＬの全裸を真下から見上げるのは何とも壮観である。

すると二人は、フラつく身体を支え合いながら片方の足を浮かせ、そっと彼の顔に乗せてくれたのだった。

「ああ、変な気持ちだわ……」

めぐみが息を震わせて言い、美鈴も彼女を抱きながら脚を震わせた。

仰向けのまま二人の足裏を顔中に受けている丈太も興奮に包まれながら舌を這

わせた。

それぞれの指の間に鼻を押し付けると、どちらも汗と脂に生ぬるく湿り、ムレムレの匂いが濃く沁み付いていた。

しかも二人分だから、その刺激が悩ましく胸に沁み込み、心地よく股間に伝わっていった。

丈太は二人の爪先をしゃぶり、さっき自分がしてもらったように、全ての指の股に舌を割り込ませて味わった。

「あん、くすぐったい……」

めぐみが喘ぎ、思わずバランスを崩してキュッと彼の顔を踏みつけてきた。

見上げると、どちらの割れ目もヌラヌラと熱く潤っていた。

やがて足を交代してもらい、丈太は新鮮な味と匂いを貪り尽くした。

「跨いでしゃがんで」

口を離して言うと、美鈴に促され、先にめぐみが跨がり、和式トイレスタイルでしゃがみ込んできた。

彼女のファンの全員が、こうした行為を夢見てオナニーしているのだろう。

脚がM字になると、白い内腿がムッチリと張り詰め、写真集では決して見られない股間が鼻先に迫ってきた。

丈太は若草の丘に鼻を埋め、濡れている割れ目内部に舌を挿し入れた。淡い酸味の蜜を掻き回して蒸れた匂いを嗅ぎ、息づく膣口からクリトリスまで舐め上げていくと、

「アアッ、いい気持ち……」

めぐみが喘ぎ、思わずキュッと座り込みそうになり懸命に両足を踏ん張った。

「すごいわ、もう勃ってる」

美鈴は、待つ間に丈太の股間に目をやり、ムクムクと回復しているのを見て言った。

彼はチロチロとめぐみのクリトリスを舐めては溢れる蜜をすすり、尻の真下に潜り込んだ。

顔中に双丘を受け止め、谷間に閉じられたピンクの蕾に鼻を埋めて蒸れた匂いを貪り、舌を這わせてヌルッと潜り込ませた。

「あう……！」

めぐみが呻き、キュッときつく肛門で彼の舌先を締め付けた。

やがて前も後ろもめぐみの味と匂いを堪能し、丈太が舌を引っ込めると、彼女

もすぐに腰を上げて美鈴のために場所を空けた。

ためらいなく美鈴が跨がってしゃがみ込むと、めぐみは彼の回復を知り、

「お先に入れますね」

言って彼の股間に跨がってきた。

もちろんめぐみは、丈太でなく美鈴に言ったので、彼は完全に二人の快楽の道具になったことを自覚したのだった。

そして彼が美鈴の恥毛に鼻を埋め、蒸れた汗とオシッコの匂いにうっとり噎せ返りながら舌を這わせると、めぐみが先端に濡れた割れ目をあてがい、ゆっくり腰を沈めていったのだ。

たちまち、彼自身はヌルヌルッと滑らかに根元まで呑み込まれ、キュッと締め付けられた。

「アアッ、いい……」

めぐみが股間を密着させて喘ぐが、彼は顔に美鈴が跨がっているのでめぐみの表情は見えない。

とにかく仰向けの彼の顔と股間に、それぞれの美女が跨がっているのだった。

3

「ね、お姉さん、こっちを向いて」

女上位で丈太に跨がっためぐみが言うと、彼の顔に跨がっていた美鈴が向き直った。

丈太の目の前に、美鈴の白く丸い尻が迫った。ペニスはめぐみの中に収まり、キュッキュッと締め付けられている。

それでも口内発射したばかりなので、勃起を保ちながらも暴発の心配はなさそうである。

丈太は美鈴の割れ目を充分に舐め、顔に覆いかぶさる尻の谷間にも鼻を埋めて蒸れた匂いを貪ってから、舌を這わせてヌルッと潜り込ませた。

「ンンッ……」

美鈴がくぐもった呻きを洩らしたので、どうやら女二人は唇を重ね、舌をからめ合っているようだ。

しかも互いの乳房を探り合い、熱い呼吸の混じる様子が伝わってきた。

めぐみの興奮が強まり、潤いと収縮が増してきた。

やがてめぐみが腰を上下させ、何とも心地よい摩擦を彼に伝えてきた。

それでも丈太は我慢することが出来た。何しろあとには美鈴も控えているのである。

「い、いっちゃう……、アアーッ……！」

たちまちめぐみが声を上ずらせ、彼の上でガクガクと狂おしいオルガスムスの痙攣を開始した。

彼自身も膣内の潤いと締め付けで揉みくちゃにされたが、それでも何とか保つことが出来た。

まるでめぐみの絶頂が伝わったように、美鈴の愛液も大洪水になって彼の顔をヌルヌルにしてきた。

「ああ……、気持ち良かった……」

やがてめぐみが満足げに声を洩らすと、グッタリと前にいる美鈴にもたれかかった。

まだ膣内の収縮が繰り返され、彼も勃起したままヒクヒクと応えた。

「あう、もうダメ……」

めぐみが敏感に反応して呻き、刺激を避けるようにそろそろと股間を引き離すと、そのままゴロリと彼に添い寝してきた。

すると美鈴が身を起こして向き直り、移動してペニスに跨がってきた。

そしてめぐみの愛液にまみれているペニスを、ゆっくり膣口に受け入れながら座り込んでいった。

「アアッ……」

美鈴が股間を密着させて喘ぎ、味わうようにキュッと締め上げてきた。

丈太も、微妙に温もりと感触の違う膣内で幹を震わせ、美鈴を抱き寄せると両膝を立てて尻を支えた。

まだ勿体ないので動かず、彼は潜り込むようにして美鈴の乳首に吸い付き、顔中に膨らみを感じながら舌で転がした。

すると何と、隣で満足げに呼吸を整えていためぐみが、乳房を割り込ませてきたのである。

まだ舐めてもらっていない場所だから、対抗心が湧いたのかも知れない。

これでは二人が回復を繰り返し、行為はエンドレスになるのではないかという恐れが湧いた。

とにかく丈太は、二人の乳首を順々に含んで舐め回した。

混じり合った体臭が生ぬるく丈太の顔中を包み、彼は酔いしれながら二人分の乳首を味わった。

さらに二人の腋の下にも鼻を埋め、濃厚に甘ったるい汗の匂いを貪りながら、徐々に動きはじめた。

「ああ……、いい気持ち」

丈太がズンズンと股間を突き上げはじめると、美鈴が熱く喘ぎ、合わせて腰を遣った。

溢れる愛液に律動が滑らかになると、クチュクチュと淫らに湿った摩擦音が聞こえてきた。そして彼が下から美鈴の顔を引き寄せて唇を重ねると、またもめぐみが唇を割り込ませてきたのである。

三人で鼻を突き合わせて舌を舐め合うと、二人の吐息で彼の顔中が生ぬるく湿った。

これも実に贅沢な快感である。二人分の滑らかな舌を舐め回し、混じり合った唾液をすするのだ。

突き上げを強めると、

「アアッ……！」

美鈴が口を離し、淫らに唾液の糸を引きながら熱く喘いだ。

湿り気ある吐息を嗅ぐと、食事のあとだから甘い匂いが濃厚に鼻腔を刺激してきた。

丈太は胸を満たし、めぐみの口にも鼻を押し込んで嗅ぐと、甘酸っぱい果実臭が濃厚に胸に沁み込んできた。丈太は次第に激しく動きながら、二人の混じり合った吐息にうっとりと酔いしれ、二度目の絶頂を迫らせていった。

「顔中ヌルヌルにして」

快感に任せて言うと、めぐみと美鈴は厭わず彼の顔中に舌を這わせはじめてくれた。

舐めるというより、垂らした唾液を舌で塗り付ける感じで、たちまち丈太の頬も鼻も瞼《まぶた》も、美女たちのミックス唾液でヌルヌルにまみれた。

「飲ませて……」

さらにせがむと、二人も懸命に唾液を分泌《ぶんぴつ》させ、代わる代わる屈み込むと彼の口にクチュッと唾液を吐き出してくれた。

丈太は二人分のミックス唾液を味わい、うっとりと喉を潤した。

「い、いく……！」

たちまち彼は、二人分の唾液と吐息の匂いに高まって口走った。

そのまま絶頂に達し、ありったけの熱いザーメンをドクンドクンと勢いよくほとばしらせると、

「いいわ、アアーッ……」

噴出を感じた美鈴も声を上ずらせ、ガクガクと狂おしい痙攣を開始して昇り詰めた。

丈太は心ゆくまで快感を嚙み締め、最後の一滴まで出し尽くしていった。

ダブルフェラでの射精も心地よかったが、やはり男女が一つになって共に果てるのが最高だった。

満足しながら突き上げを弱めていくと、

「アア……」

美鈴も熱く声を洩らし、全身の強ばりを解きながらグッタリともたれかかってきた。

互いに動きが止まっても、まだ名残惜しげな収縮が繰り返され、刺激された幹がヒクヒクと過敏に内部で跳ね上がった。

丈太は上からの美鈴の重みと温もり、横から密着するめぐみの感触を味わい、

混じり合った吐息の匂いで鼻腔を満たし、うっとりと快感の余韻に浸り込んでいった。

とにかく、これで二人を満足させることが出来たので、丈太もほっと身体の力を抜いた。

美鈴もそろそろと股間を引き離し、めぐみとは反対側に添い寝し、彼を左右から挟み付けた。するとめぐみが身を起こし、愛液とザーメンにまみれたペニスに屈み込んで、チュッと亀頭に吸い付いてきたのだ。

「あう、も、もう……」

丈太は腰をよじったが、めぐみはチロチロと舌をからませ、ヌメリを吸い取ってから口を離した。

そして彼がほっとしたのも束の間、めぐみが口を開いたのだった。

「ね、今度は私の中に出して下さい」

めぐみが言い、やはりまだ終わらないのかと丈太は気を引き締めた。

めぐみは、やはり対抗意識か、彼が自分の中で果てなかったことを不満に思っているのかも知れない。

「私はもう充分なので、あとはめぐみさんにしてあげて下さい……」

美鈴が呼吸を整えながら言った。

「じゃ、その前にバスルームへ……」

彼が休憩を欲して言うと、二人も応じてくれた。

バスタブに三人で入ってシャワーを浴びると、彼はまた座り込み、立った二人の股間を顔に引き寄せた。

「オシッコかけて……」

「まあ……」

すっかり回復しながら言うと、未体験の美鈴が驚いて息を呑んだが、すでに経験しているめぐみが息を詰め、尿意を高めはじめたので慌てて自分も力を入れはじめた。

「いいのかしら、こんなこと……」

美鈴は息を震わせて言うが、後れを取ると注目され、ますます出なくなりそうだから懸命に尿道口を緩めたようだ。

洗って匂いの薄れた柔肉を彼が交互に舐めると、先にめぐみの割れ目からチョロチョロと熱い流れがほとばしってきた。

「アア……」

めぐみが喘ぎ、次第に勢いを付けて彼の肌に浴びせはじめた。

丈太も舌に受けて味わい、喉を潤して淫気を高めた。

すると間もなく、美鈴も放尿を開始し、彼は二人分の温かなシャワーを浴びて交互に味わった。

どちらも味は淡いが、二人分となると匂いも濃く感じられ、彼はゾクゾクと妖しい興奮に包まれた。

やがて二人が流れを治めると、彼は残り香の中で、それぞれの割れ目を舐め回し、余りの雫をすすった。

「ああ……」

美鈴が喘ぎ、ガクガクと膝を震わせた。

やがてめぐみがシャワーの湯を出すと、彼も身を起こして三人で浴び、身体を拭いてベッドへと戻ったのだった。

美鈴も興奮覚めやらぬようだったが、丈太とはまた二人で会えるから、今はめぐみに譲《ゆず》るつもりらしい。

丈太も横になると、また二人の顔を引き寄せ、三人で舌をからめた。

人間にとって最も大切なのは風水、つまり空気と水だが、彼にとっての風水は美女の匂いと体液である。特に唾液と吐息を吸収すると、何度でも出来そうな気がしてくるのだ。

混じり合った息の匂いと唾液のヌメリを味わうと、次第に彼自身もムクムクと最大限になっていった。

心はともかく肉体は若いし、相手が二人いると精力や回復力もやはり倍になるのだろう。

「どうか、今度は上に」

めぐみが彼の回復を知ると、仰向けになって言った。

丈太も身を起こし、まずは挿入前にもう一度舐めようと、彼女の股間に顔を進めていった。

すると何と、美鈴も一緒になって顔を割り込ませてきたのである。

「これがめぐみさんの割れ目、なんて綺麗……」

丈太に頬を寄せて言うなり、美鈴はめぐみの股間にギュッと顔を埋め込んでしまった。

息を籠もらせて、すぐにも舌を這い回らせると、

「あぁッ……！」

めぐみも、同性に舐められながら熱く喘ぎ、白い下腹をヒクヒク波打たせた。

美鈴も、大ファンとしてはめぐみの全ての味や匂いを知りたいのだろう。

「い、いい気持ち……、どうか、入れて……」

すっかり高まっためぐみが言うと、美鈴が股間から離れた。

丈太も腰を進め、先端をめぐみの濡れた割れ目に押し当て、感触を味わいながら正常位でゆっくり挿入していった。

「あう、いい……」

ヌルヌルッと根元まで嵌め込んで貫くと、めぐみは両手を伸ばして彼を抱き寄せた。

丈太も股間を密着させながら脚を伸ばし、身を重ねていった。

すると美鈴も横になり、めぐみと顔を並べた。それぞれタイプの違う美女の顔を間近に見て、彼は興奮を高めた。

丈太はのしかかり、二人の顔を両手で抱え、また三人で舌をからめ、混じり合った吐息を嗅ぎながら腰を突き動かしはじめた。

「ンンッ……」

めぐみが熱く呻き、彼の動きに合わせてズンズンと股間を突き上げてきた。

たちまち快感に腰が止まらなくなり、丈太はジワジワと三度目の絶頂を迫らせはじめた。

「アア、いきそう……」

めぐみも収縮と潤いを強めて熱く喘ぎ、下からシッカリと彼の背に両手を回していた。

次第に股間をぶつけるほどの勢いになって激しく動き続けると、先にめぐみがガクガクと痙攣を開始した。

快感に喘ぐめぐみの表情は、写真集では決して見られない艶《なま》めかしいものである。それを見ることが出来、丈太は彼女のファンたちに対し、誇らしい気持ちになった。

「いく、アアーッ……！」

顔を仰け反らせて喘ぎ、その収縮に巻き込まれるように、丈太も三度目の絶頂を迎えてしまった。

まだ残っていたかと思えるほどドクンドクンと熱いザーメンを心置きなく内部にほとばしらせ、丈太は今度こそ、すっかり満足しながら動きを弱めていったのだった……。

4

「昨日はお疲れ様でした」

朝、丈太が出勤すると美鈴が、まだ興奮がくすぶっているようにレンズ越しに熱っぽく彼を見つめながら言った。

「ええ、おはよう」

丈太も笑みを浮かべて挨拶し、昨日の興奮を甦らせて股間を熱くさせた。

何しろ昨日はアイドルのめぐみと、美鈴の二人を相手に何度となく射精したのである。

今後はめぐみも忙しくなるから、もうプライベートで会う暇などなくなり、見るのは写真集とブラウン管だけだろう。

元々めぐみは、住む世界の違う女性なのである。

あんな3Pなどというお祭り騒ぎは、一生に一度きりのことかも知れない。

とにかく丈太は、当社のCM完成の報告を亜矢子にして、一日の仕事をした。

すると退社時に、美鈴が付いてきたのである。

「夕食、行きますか」

「ええ、嬉しい」

彼が言うと美鈴は、昨日の余韻がまだくすぶっているように頬を上気させて答えた。

やがて二人はレストランに入って乾杯し、夕食を済ませた。もちろん食事だけで終わりそうもなく、期待している美鈴と同じく、丈太もまた熱い淫気を湧かせていた。

もう互いの欲望が伝わり合っているので、店を出ると、会話もなく二人は駅裏のラブホテルに入ってしまった。

密室に入ると美鈴が、シャワーを浴びる暇さえ惜しむように、丈太に縋《すが》り付いてきた。

「昨日はすごく楽しかったけど、やっぱり一対一の方がいいわ……」

彼の胸に顔を埋めた美鈴が、息を弾ませて囁く。

確かに3Pは贅沢な快感だったが、どこか明るくゲームじみているし、やはり秘め事は一対一の密室に限ると丈太も実感した。

すぐに身を離すと美鈴が脱ぎはじめたので、彼も手早く全裸になっていった。

先にベッドに上がると、彼女も一糸まとわぬ姿にメガネだけ掛けて、身を横たえてきた。

不思議なことに、まだ傍らにめぐみが居るような気がして、丈太の興奮が高まった。

あるいは美鈴も同じような気持ちで淫気を高めているのかも知れない。

丈太は身を投げ出した彼女の足裏に顔を押し付け、舌を這わせながら指の股の蒸れた匂いを貪った。

「あう……、そんなところから……」

美鈴は言ったが、もちろん拒むことなくされるままになっていた。

彼は美鈴の両足とも爪先をしゃぶり、味と匂いを堪能し尽くした。

そして股を開かせ、脚の内側を舐め上げ、白くムッチリと張りのある内腿をたどって股間に迫った。

すでに割れ目は大量の愛液にヌラヌラと潤い、光沢あるクリトリスも愛撫を待つようにツンと突き立っていた。

彼は顔を埋め込み、柔らかな茂みに籠もった蒸れた体臭を嗅ぎながら舌を挿し入れていった。

息づく膣口の襞をクチュクチュ掻き回し、味わいながらゆっくりクリトリスま

で舐め上げていくと、

「アアッ……！」

美鈴がビクッと顔を仰け反らせて喘ぎ、内腿でキュッと丈太の顔を挟み付けると、彼も夢中になって吸い付いていった。

「私も舐めたいわ……」

息を弾ませて美鈴が言うと、丈太も彼女の割れ目に顔を埋めたまま、下半身を彼女の顔の方へと向けていった。

互いに内腿を枕にしたシックスナインの体勢になると、すぐにも美鈴がパクッと亀頭をくわえてきた。

そのまま美鈴はモグモグと喉の奥まで呑み込み、なおも丈太がクリトリスを舐め回すと、

「ンンッ……」

彼女も熱く呻きながら、反射的にチュッと強く吸い付いてきた。

熱い鼻息が陰嚢をくすぐり、彼女は快感を紛らすように激しく亀頭に舌を這い回らせた。

丈太も執拗にクリトリスを吸っては溢れるヌメリをすすり、さらに伸び上がっ

て尻の谷間にも顔を埋め込んでいった。

双丘に顔中を密着させ、谷間の蕾に籠もった蒸れた匂いを貪り、舌を這わせてヌルッと潜り込ませると、

「アアッ……」

美鈴が堪えきれず口を離して喘いだ。

ペニスは充分に唾液にまみれたので、やがて丈太は彼女の前も後ろも存分に味わってから身を起こしていった。

そして仰向けの美鈴の股を開かせ、正常位で股間を進め、先端を割れ目に押し付けた。

美鈴も期待に息を詰めて挿入を待っている。

やがて潤いを混じらせるように擦り付け、位置を定めると丈太は感触を味わいながらゆっくり膣口に挿入していった。

ヌルヌルッと滑らかに根元まで嵌め込むと、

「アアッ……！」

美鈴が声を上げ、身を反らせてキュッときつく締め付けてきた。

丈太も肉襞の摩擦と温もりを味わいながら、股間を密着させて脚を伸ばし、身

を重ねていった。

まだ動かず、収縮を味わいながら屈み込み、チュッと乳首に吸い付いて舌で転がした。

顔中で柔らかな膨らみを味わい、両の乳首を交互に含んで舐め回し、腋の下にも鼻を埋め込んで甘ったるい汗の匂いに噎せ返った。やはり自然のままの匂いが最も興奮する。

「ああ、突いて、奥まで強く何度も……」

美鈴が下から両手でしがみついて言い、待ち切れないようにズンズンと股間を突き上げてきた。

めぐみがいないので、完全に丈太を独占する悦びに包まれているかのように、潤いも収縮も昨日以上になっていた。

丈太も徐々に激しく腰を突き動かしはじめ、大量の愛液で滑らかな摩擦を味わった。

たちまち互いの動きがリズミカルに一致すると股間がぶつかり合い、ピチャクチャと淫らに湿った摩擦音も響いてきた。

5

「アア、いいわ。すぐいきそう……」

美鈴が上気した顔を仰け反らせて喘ぎ、丈太は白い首筋を舐め上げると、上からピッタリと唇を重ねていった。

「ンン……」

舌を挿し入れると、彼女は熱く呻き、鼻息で彼の鼻腔を湿らせながらネットリと舌をからめてきた。

胸を押し付けると、下で乳房が心地よく弾み、恥毛が擦れ合い、コリコリする恥骨の膨らみも彼の股間に伝わってきた。

丈太は、突くよりも引く方を意識した。そうすると張り出したカリ首が効果的に膣内を擦るのだ。

「ああ、もうダメ……」

美鈴が口を離し、ガクガクと小刻みな痙攣を開始した。完全なオルガスムスまであと一歩というところだろう。

丈太は危うくなると動きを緩め、彼女が果てるまで、少しでも長く保たせようとした。

これが自由に動ける正常位の良いところだろう。

何しろ昨日は美女二人を相手に、完全な受け身による女上位が主流だったのである。

ペニスで膣内を掻き回しながら、彼は美鈴の喘ぐ口に鼻を押し込んで熱い息を嗅いだ。

ほんのりアルコールの香気を含んだ吐息が、食後ということもあり淡いオニオン臭も混じらせて悩ましく濃厚に鼻腔を刺激してきた。

美女の匂いに興奮が高まり、股間をぶつけるように激しく突き動かすと、

「い、いっちゃう、アアーッ……！」

とうとう美鈴が大きなオルガスムスの波を受け止め、声を上ずらせながら狂おしく腰を跳ね上げた。

その収縮に巻き込まれながら、たちまち丈太も続いて激しく大きな絶頂に達してしまった。

「く……！」

快感に呻きながら、熱い大量のザーメンをドクンドクンと勢いよくほとばしら

せると、

「あう……」

噴出を感じた美鈴が、駄目押しの快感に呻いて収縮を強めた。

まるで彼の全身まで吸い込もうとするかのような、艶めかしい蠢動《しゅんどう》が繰り返された。

丈太は心ゆくまで快感を嚙み締め、最後の一滴まで出し尽くしていった。

すっかり満足しながら徐々に動きを弱めていくと、

「ああ……」

美鈴も満足げに肌の硬直を解いて声を洩らすと、グッタリと身を投げ出していった。

まだ名残惜しげな収縮が内部でキュッキュッときつく繰り返され、刺激された幹が膣内でヒクヒクと過敏に震えた。

「あう、もうダメ……」

美鈴も敏感になっているように声を洩らし、幹の震えを抑えるようにきつく締め付けた。

丈太は完全に動きを止めて身を預け、熱く濃厚な吐息を間近に嗅ぎながら、うっとりと快感の余韻を味わった。

あまり長く乗っているのも悪いので、やがて呼吸を整えると丈太はそろそろと身を起こし、股間を引き離した。

「お、起こして、シャワーに連れてって……」

美鈴が手を伸ばして言うので、彼も支えながら一緒にベッドを下り、力の抜けた彼女をほとんど抱くようにしながらバスルームへと移動した。

シャワーで互いの全身を流すと、彼女もほっとしたように椅子に座った。

さすがにバスルームではメガネを外したので、まるで見知らぬ美女を前にするようだ。

それに湯を弾くように脂《あぶら》の乗った肌を見ているうち、すぐにも丈太自身はムクムクと回復していった。

「まあ、もうこんなに……」

気づいた美鈴が声を洩らした。

「昨日も驚いたけど、何度でも出来るのね……」

まだとろんとした眼差しで力なく言う。

「でも、私はもう充分。歩けなくなるから、お口で良ければ」

彼女が言ってくれたので丈太もその気になった。

「じゃ、お口で可愛がって」

丈太は言い、バスタブのふちに腰を下ろし、前に座っている美鈴の顔の前で股を開いた。彼女もすぐに口を寄せ、両手で拝むように幹を挟むと、チロチロと先端を舐め回しはじめた。

そして張り詰めた亀頭にしゃぶり付き、充分に唾液で濡らすといったん口を離し、両の乳房で挟み、両側から揉んでくれた。

「ああ、気持ちいい……」

丈太は清楚なOLのパイズリに高まって喘いだ。

肌の温もりと柔らかな乳房の谷間で揉みくちゃにされ、さらに彼女が屈み込んで先端を舐め回した。

幹の震えで彼の高まりを知ると、美鈴は乳房を外し、スッポリと喉の奥まで呑み込んだ。

幹を丸く締め付けて吸い、熱い息を股間に籠もらせ、口の中ではクチュクチュと満遍なく舌をからませてくれた。

股間を見ると、メガネを外した美女が無心におしゃぶりをし、たまに彼の反応を見るようにチラと目を上げた。

ジワジワと絶頂を迫らせた丈太が、彼女の顔に両手を当て、前後に動かしはじめた。

「ンン……」

喉の奥を突かれた美鈴が熱く呻き、彼女も顔を前後させてリズミカルに摩擦してくれた。

「ああ、いきそう……」

高まった丈太が喘ぐと、美鈴も吸引と摩擦、舌の蠢きを活発にしはじめた。

クチュクチュと音がし、溢れた唾液が生温かく陰嚢まで濡らしてきた。

まるで全身が、美女のかぐわしい口に含まれ、温かな唾液にまみれて舌で転がされているようだ。

「い、いく、アアッ……」

たちまち彼は口走り、大きな絶頂の快感に全身を貫かれた。

ありったけの熱いザーメンがドクンドクンと勢いよくほとばしると、

「ク……」

喉の奥を直撃された美鈴が微かに眉をひそめて小さく呻き、それでも摩擦と吸引は続行してくれた。丈太は美女の口を汚す禁断の快感を嚙み締め、心置きなく最後の一滴まで出し尽くしていった。

深い満足に包まれながら彼が肌の強ばりを解くと、美鈴も動きを止め、口に含んだまま溜まったザーメンをゴクリと飲み込んでくれた。

「あう」

締まる口腔に呻き、丈太は駄目押しの快感を得た。

ようやく美鈴もチュパッと口を離し、なおも両手で錐揉《きりも》みするように余りを絞ると、尿道口に脹《ふく》らむ白濁の雫まで丁寧に舐め取ってくれた。

「も、もういい、有難う」

丈太がヒクヒクと過敏に反応しながら呻くと、美鈴も舌を引っ込め、指を離してくれた。

彼は余韻の中で呼吸を整え、もう一度二人でシャワーを浴びた。

身体を拭いて脱衣所を出ると、二人は部屋に戻って身繕いをした。

早く横になりたいが、明日も仕事だから、今夜ここに泊まってしまうわけにもいかない。

「またいめぐみさんに会えるかしら」

「うん、もう無理かも」

ホテルを出ると美鈴が言い、彼も答えた。

「じゃ、また明日」

やがて二人は駅前で別れたのだった。

第六章　幸運の過去と未来

1

「事業は、順調に軌道《きどう》に乗っているわ。全てあなたのおかげよ」

社長の亜矢子が丈太に言い、彼もこの時代で助言出来ることは全てやり尽くしたと感じた。

社長室の奥、ベッドのある亜矢子の私室である。

彼女の目を見て、すでに淫気を催していることが分かった。

急激に業績が上がって一段落し、ここらで快楽を分かち合いたいのだろう。

「いい？　脱いで」

亜矢子が目をキラキラさせ、甘ったるい匂いを漂わせて言った。

そして彼女がベッドに近づいて脱ぎはじめたので、丈太も手早く全裸になっていった。

まだ昼間で、しかも社内だから階下では多くの社員が働いている。

後ろめたい気持ちはあるが、彼自身は激しく勃起していた。

亜矢子も一糸まとわぬ姿になり、優雅な仕草でベッドに横たわった。

丈太も迫り、まず彼女の綺麗な足裏に舌を這わせ、形良く揃った足指に鼻を割り込ませた。

「あう……、そんなところから……」

亜矢子は驚いたように呻いたが拒みはしなかった。

蒸れた匂いを貪り、生ぬるい汗と脂の湿り気を味わって両足とも堪能すると、彼は亜矢子の股を開かせ、脚の内側を舐め上げていった。

白くムッチリと張りのある内腿をたどり、熱気と湿り気の籠もる股間に迫るとすでに割れ目はネットリとした大量の愛液に潤っていた。

しかし先に丈太は彼女の両脚を浮かせ、白く豊満な尻の谷間に顔を埋め込んでいった。

顔中を弾力ある双丘に密着させながら、ピンクの蕾に籠もる蒸れた熱気を嗅いで舌を這わせた。

ヌルッと舌を潜り込ませ、微妙に甘苦く滑らかな粘膜を探ると、

「あう……」

亜矢子が嫌々をして腰をよじり、モグモグと肛門で舌先を締め付けた。

なおも彼が舌を出し入れさせるように蠢かすと、やがて彼女は脚を下ろしてしまった。

丈太は濡れた割れ目を前にすると、堪らずに顔を埋め込み、柔らかな茂みに鼻を擦りつけ、蒸れた匂いで悩ましく鼻腔を刺激されながら膣口に舌を挿し入れて探った。

淡い酸味の愛液を味わって柔肉を舐め回すと、すぐにもヌラヌラと舌の動きが滑らかになった。

ヒクヒクと息づくように収縮する膣口の襞を掻き回し、味わいながらゆっくりクリトリスまで舐め上げていくと、

「アアッ……！」

亜矢子がビクッと顔を仰け反らせて喘ぎ、内腿でキュッときつく彼の両頰を挟み付けてきた。

彼も執拗にクリトリスに吸い付き、舌先で弾いて愛撫しては、新たに溢れる蜜《みつ》汁《じゅう》をすすった。

さらに左手の人差し指を唾液に濡れた肛門に浅く挿し入れ、右手の指を膣口に潜り込ませ、それぞれの内壁を小刻みに擦りながら、なおもクリトリスを刺激していると、

「す、すぐいきそう……」

亜矢子が喘ぎ、熟れ肌をくねらせた。

ようやく前後の穴からヌルッと指を引き抜くと、右手の指は白っぽく攪拌《かくはん》された愛液にまみれ、指の腹は湯上がりのようにふやけてシワになっていた。

肛門に入っていた指に汚れはないが、嗅ぐと秘めやかな微香が感じられた。

なおも彼が美人社長の股間の味と匂いを堪能していると、亜矢子が丈太の下半身を引き寄せた。

彼も割れ目に顔を埋めながら股間を亜矢子の顔の方に迫らせていくと、すぐにも彼女がパクッと張り詰めた亀頭にしゃぶり付いてきた。互いの内腿を枕にしたシックスナインの体勢になり、二人は熱い息を籠もらせながら最も感じる部分を貪り合った。

彼がクリトリスに吸い付くと、

「ンンッ……！」

亜矢子は呻き、息で陰嚢をくすぐりながら反射的にチュッと強く吸い付いた。

「ああ、もうダメ、入れて」

亜矢子は、屹立した丈太の肉棒をたっぷりと唾液にまみれさせてから、口を離してせがんできた。

丈太も身を起こし、あらためて彼女の股間に身を置いて迫った。

急角度にそそり立つ幹に指を添えて下向きにさせ、先端を濡れた割れ目に擦り付けてヌメリを与えながら位置を定めた。

息を詰めてゆっくり挿入していくと、張り詰めた亀頭が潜り込み、あとはヌルヌルッと滑らかに根元まで深々と膣口に嵌まり込んでいった。

「アアッ、いい……！」

亜矢子が熱く喘ぎ、味わうようにキュッキュッと締め付けてきた。

丈太も肉襞の摩擦と締め付け、潤いと温もりを嚙み締めながらピッタリと股間を密着させ、彼女に身を重ねていった。

まだ動かず、息づく感触を味わいながら屈み込み、左右の乳首を交互に含んで舌で転がした。

「ああ、いい気持ち……」

亜矢子がビクリと感じて喘ぎ、彼は両の乳首を充分に愛撫し、顔中で巨乳の膨らみを味わった。

さらに腋の下にも鼻を埋め、甘ったるい汗の匂いでゾクゾクと胸を満たした。

そして白い首筋を舐め上げると、上からピッタリと唇を重ね、舌を挿し入れて滑らかな歯並びを左右にたどった。

「ンンッ……」

亜矢子が熱く鼻を鳴らして彼の鼻腔を湿らせ、ネットリと舌をからめてきた。

丈太は生温かな唾液に濡れ、滑らかに蠢く舌を味わいながら、徐々に腰を突き動かしはじめていった。

溢れる愛液に動きが滑らかになり、すぐにもピチャクチャと淫らに湿った摩擦音が聞こえてきた。

「アアッ……、いい……！」

亜矢子が口を離してビクッと顔を仰け反らせ、淫らに唾液の糸を引きながら熱く喘いだ。

熱く湿り気ある吐息は、白粉のような甘い匂いを含み、嗅ぐたびに悩ましく鼻腔が刺激され、甘美な悦びが胸を満たした。

いったん動きはじめると快感に腰が止まらなくなり、互いの動きもリズミカルに一致して、股間がぶつかり合うほど激しくなっていった。

たちまち丈太は絶頂を迫らせ、息づくような収縮と締め付けに翻弄された。まるで歯のない口に含まれ、舌鼓でも打たれているような快感である。

「い、いく……！」

もう堪らず、彼は快感に呻きながら激しく昇り詰めてしまった。

熱い大量のザーメンがドクンドクンと勢いよくほとばしると、

「あ、熱いわ、アアーッ」

噴出を感じた亜矢子もオルガスムスのスイッチが入ったように声を上ずらせ、ガクガクと狂おしい痙攣を開始した。

腰が跳ね上がるたび、丈太の全身も上下し、彼は抜けないよう動きを合わせて快感を嚙み締めながら、心置きなく最後の一滴まで出し尽くしていった。

すっかり満足して徐々に動きを弱め、力を抜いてもたれかかると、

「アア……」

亜矢子も声を洩らし、熟れ肌の強ばりを解きながらグッタリと身を投げ出していった。

やはり社内ということもあり、互いに実に早い絶頂であった。

2

「すごかったわ。するたびにあなたは上手になって、私の快感も大きくなっていくみたい……」

亜矢子が下から言い、重なっている丈太は、まだ名残惜しげに収縮する膣内に刺激され、ヒクヒクと過敏に幹を跳ね上げた。

そして彼女の喘ぐ吐息を嗅ぎ、悩ましい白粉臭の刺激で鼻腔を満たしながら、うっとりと快感の余韻に浸り込んだ。

「さあ、シャワーを浴びましょう。今日は外回りでしょう?」

亜矢子が言うので、呼吸を整えた丈太は身を起こしティッシュの処理も省略してシャワールームに行った。

すると亜矢子もすぐ入ってきたので、二人でシャワーを浴びて身体を流した。

脂が乗ってお湯を弾く熟れ肌を見ているうちムクムクと回復しそうになったが、仕事があるので今は我慢である。

それでも、やはりめぐみや美鈴に求めたものが欲しかった。

丈太は床に座り込んで目の前に亜矢子を立たせ、片方の足を浮かせて椅子に乗せた。

「どうするの……」

「オシッコ出して下さい」

「まあ、どうしてそんな……」

「女神様みたいに綺麗な人でも、ちゃんと出すのかどうか知りたいので」

彼は言いながら、匂いの薄れた割れ目に鼻と口を押し付け、舌を這わせて吸い付いた。

「出るに決まってるでしょう……、あう、ダメ、吸ったら本当に出ちゃいそうだわ……」

亜矢子が、ガクガクと膝を震わせながら言うので、刺激されて尿意が高まってきたようだ。なおも愛撫していると、やがて柔肉が妖しく蠢いて、味わいが変わってきた。

「く……、出る……」

懸命に我慢していたようだが、とうとう亜矢子が呻くなり、チョロッと熱い流れがほとばしった。あとは止めようもなくチョロチョロと勢いがついて、彼の口に注がれてきた。

「あう、ダメ……」

亜矢子は彼の口の中で泡立つ音に呻いたが、丈太は嬉々として味わい、うっとりと喉を潤した。

味も匂いも淡く上品なもので、何の抵抗もなく飲み込めるのが嬉しかった。溢れた分が肌を伝い流れるのも、実に心地よかった。

「ああ……、こんなことさせるなんて……」

亜矢子は声を震わせながらも、とうとう全て出しきってしまった。

余りの雫に新たな愛液が混じり、滴らずにツツーッと糸を引いて垂れた。彼は残り香に酔いしれながら舌を這わせ、ヌメリをすすった。

「も、もうダメ……」

亜矢子はビクッと反応して言い、脚を下ろしてしゃがみ込んでしまった。

興奮が高まり、熱い呼吸を繰り返す彼女の口に鼻を押し付け、悩ましい白粉臭の吐息を嗅ぐと、亜矢子も指を這わせてペニスを愛撫してくれた。

やがて急激に高まり、

「い、いきそう……」

彼は言って幹を震わせた。

「飲ませて……」

亜矢子が言うので彼は身を起こし、彼女の鼻先に先端を突き付けた。

彼女も張り詰めた亀頭にしゃぶり付き、舌をからめながらスポスポと強烈な摩擦を開始してくれた。

「いく……、アア、気持ちいい……！」

たちまち昇り詰めた丈太は、ガクガクと膝を震わせながら快感に喘ぎ、ありったけの熱いザーメンをドクンドクンとほとばしらせてしまった。

「ンン……」

亜矢子も喉の奥に受けて熱く鼻を鳴らし、チューッと吸い出してくれたのだ。

「あう、すごい……」

丈太は、まるでペニスがストローと化し、陰嚢から直にザーメンを吸い出されているかのような快感に呻いた。

それは魂まで吸い取られるような心地で、彼は身悶えながら心置きなく最後の一滴まで出し尽くしていったのだった。

すっかり満足して全身の強ばりを解いていくと亜矢子も動きを止め、亀頭を含んだままゴクリと一息に飲み干してくれた。

そして口を離し、なおも幹をしごきながら尿道口に脹らむ残りの雫までチロチロと丁寧に舐め取ってくれた。

「あう……」

丈太が過敏に幹をヒクヒク震わせて呻くと、ようやく亜矢子も舌を引っ込め、もう一度シャワーの湯を浴びせてくれ、彼もうっとりと力を抜いて余韻を味わったのだった。

やがて身体を拭くと、二人でシャワールームを出て身繕いをした。

亜矢子は社長室で事務の続きをし、丈太はそのまま一階まで下り、オフィスの同僚に声を掛けて外へ出ようとした。

ドアを開けると、今日も強い風が吹いている。

「この風で、付けたばかりの看板は大丈夫かな」

丈太が言って外へ出ようとしたとき、ふと目眩《めまい》を感じて彼はよろけた。

すると丈太が外へ出る前にバタンと戸が閉まり、彼は尻餅《しりもち》を突いた。

何やら急に身体が重く感じられたのだ。

「い、いや、大丈夫だよ」

彼は壁に寄りかかって、同僚たちに言った。

しかし振り向くと、そこには誰もおらず、デスクも書棚もないがらんとした部屋ではないか。

しかも蛍光灯も外され、全体が古びている。

（ま、まさか取り壊し寸前の旧社屋……？）

座り込んだままポケットを探ると、スマホが出てきた。

何やら懐かしく、久々に触れた気がしたが、操作は覚えていた。

写メモードにして自分に向けて見ると、すっかり頭髪の薄くなって老けた自分の顔が映った。

そういえば腹も出ていて身体が重いはずだ。どうやら三十六年後の元の世界、彼は五十九歳で今は令和五年なのだろう。

（も、戻ってしまった……）

丈太は思った。未来の知識を駆使した彼のするべき役目は、全て終わったということなのか。

では自分は、もう未来も分からない只《ただ》の男ということになる。

と、そこへドアが開き、六十年配の貧相な男が入って来た。

「しゃ、社長、どうしたんです、座り込んで」

「あ、あなたは根津さん」

丈太は驚いて言い、すっかり老けた元係長の顔を見た。どうやらセクハラでクビにならず、六十を過ぎても社にいるようだった。

(待てよ、社長って誰だ)

丈太は怪訝《けげん》に思ったが、

「大丈夫ですか。とにかく起きましょう」

「あ、ああ、大丈夫です……」

根津が言い、彼は支えられながら身を起こし、一緒に外へ出た。

まだ風が強く、隣にあったレンタルビデオ屋の雑居ビルはなくなり、我が社の新社屋が建っていた。

丈太は根津と一緒に新社屋に入りながら、そっとポケットから札入れを出してみた。

すると名刺があり、見ると「株式会社サガーヤ、代表取締役社長、滝川丈太」と書かれていた。

(ぼ、僕が社長になっている。やはり未来を変えてしまったんだ……)

丈太は呆然となった。

3

「根津さん、私はちょっと資料室に行くので」

丈太は言い、一人でエレベーターに乗って資料室に入った。

誰もおらず、彼は社史を取り出すと広げてデスクに掛けた。サガーヤになって三十五年の記念に出された社史らしい。

順々に目を通すと、社は彼の助言通りに功績を挙げ、バブルにも無駄な出費をせずに貯え、今回の新社屋の完成にこぎつける歴史が記されていた。

社長だった亜矢子は七十歳で引退し、今は自宅で悠々自適《ゆうゆうじてき》。そして入れ替わりに丈太が社長になって四年目であった。

なるほど、社史に目を通すと、徐々にそれらの記憶も甦ってきた。

やはり、あれから丈太はずっと社にいて、頭角を現しながら頂点に立ったのである。

頭の中では、一度目と二度目の、二つの人生が重なって思い出された。

ローンを終えた郊外の自宅ではなく、近間にもっと大きな屋敷を建てていたのである。

娘の由希も無事に育って結婚間近、長男の雄一《ゆういち》も一人暮らしをして仕事に専念している。

自分の立場や家の大きさは違うが、家族に変わりはないようだった。

と、その時である。ドアが開いて一人の女性が入って来た。

「あ、社長、失礼しました」

三十代前半のＯＬは資料を返却に来たようで、彼を見て頭を下げた。

「あ、亜矢子さん……？」

丈太は、その顔を見て思わず声を洩らした。

彼女は、ついさっき過去で別れたばかりの亜矢子にそっくりだったのだ。

まさか、自分と亜矢子の間に出来た娘ではないだろうなと、思わず不安になったのだ。

「まあ、まだ覚えて下さらないんですか。佐賀亜矢子は私の伯母《おば》です。私は大阪支社から先日本社に来たばかりの、佐賀夏美《なつみ》です」

彼女が歯切れよく言う。亜矢子の姪《めい》なら、丈太の娘ということはなく安心したものだ。

「そ、そうだったね。それにしても似てるな……」

丈太も納得して言った。

この三十六年の間に、大阪支社まで出来ていたのだ。

社長相手でも夏美が物怖《ものお》じしないのは、元々一族の縁者だからだろう。

よく見れば、夏美は当時の亜矢子より少し若く、現代的でドライそうな印象だった。

まだ独身らしいが、亜矢子に似て巨乳だった。

「良かったら今夜、夕食でもしないか」

丈太が言うと、夏美は顔を輝かせた。

「本当ですか！　嬉しいです。私、伯母から聞いていました。滝川社長は若い頃から、未来を予測する社の救世主だって。だから私、本社に来てから社長といっぱいお話ししてみたかったんです」

夏美は頰を紅潮させ、本当に嬉しげに勢い込んで言った。

「でも社長は奥様一筋だから、女子社員を誘うなんて聞いていませんでした」

「そ、そうだったかな」

彼もつい、三十六年前の乗りで若い娘を誘ってしまったが、周囲からは愛妻家と思われているのだろう。

やがて社史を閉じて戻し、夏美と一緒に資料室を出ると、彼女はオフィスに戻り、丈太は社長室に入った。

今日は特に打ち合わせもなく、彼はじっくりと二つの人生を思い出しながら、待ち遠しい思いで夕方まで過ごしたのである。

そして退社すると、夏美と一緒にレストランに入った。

まずは料理を頼み、ビールで乾杯した。

「私、うんと年上のおじさまが好みなんです」

丈太と食事しながら、夏美が明るく言った。

彼女は平成生まれの三十二歳だった。今は彼氏もいないようで、これから東京で見つけるつもりらしい。

何やら良い雰囲気になってきたが、

(この身体で出来るかな……)

と丈太は思った。

淫気は充分にあるし勃起もするが、何しろ令和になってからは、女房の由美を含め、生身の女性とはしていないはずである。

第一、まだ現代に戻ったばかりで戸惑うことばかりなのだ。

二つの人生を思い出してみたが、やはり多くの女性と交渉を持った全盛期は、あの二十代前半の頃ばかりである。

あとは由美と結婚してから猛烈に忙しくなり、社長となった今日を迎えたようだった。

ビールからワインに切り替え、やがて食事が済むと、丈太は支払いを終えて夏美とレストランを出た。

すると、すっかりほろ酔いで打ち解けた夏美が、そっと彼に腕を組んできたのである。

丈太も股間を熱くさせ、

「あそこに誘ってもいいかな？」

駅裏のラブホテルを指して、そう言ってしまった。

「ええ、誰にも内緒にして下さいね」

すると夏美が答え、彼を引っ張るように駅裏へと歩きはじめたのである。

夏美と一緒にためらいなく現代のラブホテルに入ると、彼は戸惑いながら空室のパネルを押し、フロントで支払いをした。

何しろ令和でラブホに入るなど初めてのことだ。

やがて二人で部屋に入り、内側からロックすると密室になった。

「じゃ、急いで流してくるので待ってて」

丈太は上着を脱いで言い、脱衣所に入った。

手早く全裸になり、鏡で五十九歳になった、髪が薄く腹の出た自分の姿を見て嘆息した。

やはり徐々に歳を取ったのではなく、急に戻ったのでショックは大きい。それほど、三十六年前はパラダイスだったのだろう。

いや、そんな経験をしただけでも恵まれたことだった。

そして彼は激しい勃起を確認し、少しだけ安心した。

シャワーを浴びながら歯磨きをし、ボディソープで腋と股間を念入りに洗うと勃起を堪えながら苦労して放尿まで済ませた。

最短時間で綺麗さっぱりすると、彼は身体を拭いてバスタオルを腰に巻き、脱いだものを持って部屋に戻った。

すると夏美も、すでに下着姿になり、

「じゃ、私も浴びてきます」

そう言うので彼は慌てて押しとどめた。

「き、君はそのままでいいよ。若い匂いを知りたくて堪らないんだから」

「まあ、社長さんて変態だったんですか」

ほろ酔いに任せて彼女が軽口を叩くが、やはり待ち切れないらしく、シャワーを諦めてベッドに移動してくれた。

「知りませんよ。一日動き回って汗ばんでいるのに、匂うから急に流してこいなんて言われても勢いが付いてしまうから」

「ああ、大丈夫、そんなこと言わないよ」

言うと彼女は、ためらいなく下着も脱ぎ去り、一糸まとわぬ姿になってベッドに仰向けになってくれた。

丈太も腰のタオルを外し、全裸でのしかかっていった。

見下ろせば彼より二回り以上年下の夏美は、若返らせた亜矢子そっくりの美しく整った顔で丈太を見上げ、さらに若い張りを増した巨乳が息づいているではないか。

堪らずに屈み込み、桜色の乳首にチュッと吸い付いて舌で転がし、顔中を豊かな膨らみに押し付けた。

「あん……！」

すぐにも夏美が喘ぎ、クネクネと身悶えるたびに甘ったるい匂いが生ぬるく揺らめいた。

彼は両の乳首を順々に含んで舐め、夏美の腕を差し上げ、湿ってスベスベな腋の下にも鼻を埋め込んでいった。

「なんていい匂い……」

夏美の腋には甘ったるい汗の匂いが籠もって馥郁と鼻腔を満たし、思わず丈太が言って舌を這わせると、

「あう、ダメ、くすぐったいです……」

夏美が鼻にかかった甘ったるい声で言い、じっとしていられないように身をよじった。

丈太は充分に美女の体臭を嗅いでから滑らかな肌を舐め下り、臍を探って張りのある下腹に顔を埋め、弾力を味わってから股間を避け、腰から脚を舐め下りていった。

やはり愛撫のパターンは、股間を最後に取っておくという、昭和時代の経験と全く同じである。

足首まで行って足裏に回り、踵《かかと》から土踏《つちふ》まずを舐め、縮こまった指の間に鼻を割り込ませて嗅ぐと、やはりそこは汗と脂に湿り、ムレムレの匂いが濃く沁み付いていた。

爪先にしゃぶり付き、順々に指の股に舌を潜り込ませて味わうと、

「あう、汚いです……」

夏美が声を震わせ、驚いたように言った。どうやら過去の彼氏は足など舐めないダメ男だったのだろう。

丈太は彼女の両足とも味と匂いを貪り尽くし、股を開かせて脚の内側を舐め上げていった。白くムッチリとして滑らかな内腿を舐め上げると、さすがに当時の亜矢子より若々しい張りが感じられた。

股間まで顔を迫らせていくと、丈太は先に夏美の両脚を浮かせ、大きな水蜜桃のような尻の谷間に鼻を埋め込んだ。

可憐な蕾に沁み付く蒸れた匂いは、やはりシャワー付きトイレのない昭和時代よりも淡くて物足りなかった。

それでも匂いを貪ってからチロチロと舌を這わせると、

「あう、そこダメです」

夏美が浮かせた脚を震わせて呻いた。
それでも充分に舐め、ヌルッと浅く潜り込ませて滑らかな粘膜まで探ってから
ようやく脚を下ろして割れ目に顔を寄せた。
ぷっくりした丘の茂みは薄い方だが、はみ出した陰唇は大量の愛液にヌラヌラ
と潤っていた。
指で陰唇を左右に広げると、花弁状に襞の入り組む膣口が息づき、ポツンとし
た尿道口も確認出来、包皮の下からは小指の先ほどのクリトリスが、真珠色の光
沢を放ってツンと突き立っていた。
「ああ、そんなに見ないで下さい……」
夏美がヒクヒクと下腹を波打たせて喘ぐので、
「舐めてって言って」
股間から言うと、
「アア、な、舐めて……」
夏美が声を上ずらせて言い、トロリと新たな蜜を溢れさせた。
彼ももう焦らさずに顔を埋め込み、柔らかな恥毛に鼻を擦りつけた。
そして蒸れた汗とオシッコの匂いを貪って鼻腔を満たしながら舌を這わせてい

った。

生ぬるいヌメリを味わい、膣口からクリトリスまで舐め上げていくと、

「アアッ……！」

夏美が身を弓なりにさせて喘ぎ、内腿できつく彼の顔を挟み付けてきた。

なおもチロチロと舌先でクリトリスを弾くと、

「も、もうダメ、交代します……」

夏美が絶頂を迫らせたか、言っていきなり身を起こすと、彼の顔を追い出しにかかった。

丈太も素直に離れ、仰向けに身を投げ出すと、

「すごいわ、こんなに勃って……」

彼女が股間に顔を寄せ、熱い視線を注いで言った。

丈太は、若い娘の熱い視線と息を感じて幹を震わせた。

そして夏美は幹に指を添えて口を寄せ、粘液の滲む尿道口を舐め回しはじめたのである。

4

「ああ、気持ちいい……」

丈太は、亜矢子そっくりな顔をした夏美にペニスをしゃぶられ、うっとりと快感に喘いだ。

夏美も充分に舌を這い回らせると、丸く開いた口でスッポリと喉の奥まで呑み込み、幹を締め付けて吸い、熱い鼻息で恥毛をそよがせながら、口の中ではクチュクチュと念入りに舌をからめてくれた。

どことなく亜矢子の愛撫を思い出し、彼は夏美の口の中で唾液にまみれた幹をヒクヒク震わせた。

快感に任せ、ズンズンと股間を突き上げると、

「ンン……」

喉の奥を突かれた夏美が小さく呻き、自分も顔を上下させ、濡れた口でスポスポと摩擦してくれた。

「い、いきそう……」

すっかり高まった丈太は、警告を発するように言った。

美しい夏美の口を汚したい気もするが、もう若い頃と違って立て続けには出来ないだろう。

すると夏美も、チュパッと口を離して顔を上げた。

「入れていいですか。ピル飲んでるので中出しも大丈夫です」

「じゃ、上から跨いで入れて」

嬉しいことを言われ、彼が答えると夏美も身を起こして前進し、ペニスに跨がってきた。

そして彼女は幹に指を添えながら、唾液に濡れた先端に割れ目を押し付け、やがて位置を定めると息を詰め、ゆっくり腰を沈み込ませてきた。

張り詰めた亀頭が潜り込むと、あとは潤いと重みでヌルヌルッと滑らかに根元まで呑み込まれていった。

「アアッ……！」

夏美が顔を仰け反らせて喘ぎ、ピッタリと股間を密着させて座り込んだ。

丈太も、肉襞の摩擦と熱いほどの温もり、大量の潤いと締め付けを味わいながら、中でヒクヒクと幹を震わせた。

彼女は丈太の胸に両手を突っ張り、グリグリと股間を擦り付けてきたが、やがて身を重ねてきた。

彼も両手を回して抱き留め、両膝を立てて弾力ある尻を支えた。

胸に巨乳が密着して心地よく弾み、丈太は下から彼女の顔を引き寄せ、ピッタリと唇を重ねた。

全て舐め合った最後の最後で、キスするというのも乙なものである。

舌を挿し入れて滑らかな歯並びを舐めると、彼女も歯を開いて受け入れ、舌をからめてきた。

丈太は夏美の息で鼻腔を湿らせながら、滑らかに蠢く舌を味わい、ズンズンと股間を突き上げはじめた。

「あう、すごい……」

夏美が口を離して熱く呻き、合わせて腰を動かしはじめた。

丈太も摩擦快感と締め付けを味わい、喘ぐ夏美の口に鼻を押し付け、湿り気ある吐息を嗅いだ。

それは亜矢子の白粉臭とは異なり、むしろ若い頃の由美に似た甘酸っぱい新鮮な果実臭である。

しかもアルコールの香気もほんのり混じって、美女の吐息が悩ましく彼の鼻腔を刺激してきた。

そして激しく股間を突き上げるうち、膣内の収縮と潤いが増し、彼も揉みくちゃにされながら激しく昇り詰めていった。

「い、いく……！」

丈太が大きな絶頂の快感に口走り、ドクンドクンとありったけの熱いザーメンを勢いよくほとばしらせると、彼女もガクガクと痙攣を開始したのだった。

「あ、熱いわ、いっちゃう、アアーッ……！」

奥深い部分に射精を感じたか、夏美が声を上ずらせて激しいオルガスムスに達した。丈太も、締まる膣内で心ゆくまで快感を嚙み締め、最後の一滴まで出し尽くしていった。

すっかり満足しながら突き上げを弱めていくと、

「アア……、中でいけたの初めて……」

夏美も肌の硬直を解きながら声を洩らし、グッタリともたれかかってきた。

どうやら今まではクリトリス感覚の絶頂しか知らず、膣感覚で果てたのは初めてのようだった。

まだ膣内は、驚きと悦びに満ちたような収縮が繰り返され、射精直後で過敏になった幹がヒクヒクと中で震えた。

「あう、まだ動いてる……」

夏美も敏感になっているように呻き、キュッときつく締め上げてきた。

丈太は亜矢子そっくりな夏美の重みと温もりを味わい、甘酸っぱい吐息を間近に嗅ぎながら、うっとりと快感の余韻に浸り込んでいったのだった。

やがて呼吸を整えると夏美が身を離し、二人でベッドを下りてバスルームへ移動した。

そしてシャワーを浴びて股間を流すと、丈太はかつて経験したようにバスルームの床に腰を下ろし、目の前に夏美を立たせた。

片方の足を浮かせてバスタブのふちに乗せさせ、開いた股間に顔を埋めた。

「あう……、まだ出来るんですか……」

夏美は驚きながらも、じっとされるままになっていた。

すっかり匂いは薄れてしまったが、舐めると新たな愛液が溢れて舌の動きが滑らかになった。

「ね、オシッコ出して……」

「わあ、やっぱり社長さん、変態……」

「ダメかな？」

「どうしてもって言うなら何とか……」

「男の前で出したことある？」

「ないですよ、そんなこと……」

「じゃ、初体験だね。少しでいいから」

舐めながらせがむと、やはり昭和時代よりドライな令和娘の夏美は、そのまま息を詰めて尿意を高めてくれたのだった。

すると柔肉が迫《せ》り出《だ》すように盛り上がり、かつて経験したように味わいと温もりが変わってきた。

「あう、出る……」

夏美が言うなり、熱い流れが最初から勢いよくほとばしってきた。

その勢いを喉に受けて噎せそうになりながら、丈太は懸命に味わい、喉を潤してみた。

この三十六年で食生活も変化したのか、味も匂いも当時の美女たちより悩ましく濃い感じがし、これはこれで彼の興奮が高まった。

口から溢れた分を肌に浴びながら、彼は受け止め続けた。

少しでいいと言ったのに彼女は遠慮なく放尿し、それは彼が溺《おぼ》れそうな量と勢いである。

「飲んでるんですか。信じらんない……」

夏美は呆れたように言いながらも放尿を続け、とうとう最後まで出しきってくれたのだった。

なおも割れ目を舐め、濃厚な残り香の中で残りの雫をすすり、クリトリスも吸っていると、

「も、もうダメです……、変になりそう……」

夏美が言って足を下ろし、力尽きたようにクタクタと座り込んだ。

そして彼の回復を見ると、

「本当にもう一度出来そうですね……、私も、したくなりました……」

彼女は言い、壁に立てかけてあったエアーマットを広い洗い場に敷いた。

ここですれば、済んでもすぐ流せるだろう。

(二回目にチャレンジしてみよう……)

丈太も決意した。

一度目の人生では考えられないことだが、何しろ若い全裸の美女が目の前にい

るのだし、二度目の人生で女体の扱いにも慣れていたので、それを試したかったのだ。

「じゃ、まず四《よ》つん這《ば》いになってね」

丈太は彼女を四つん這いにさせ、尻を突き出させた。

昭和時代にしてみたかった体位を、順々に試したいのだ。

もう、さっきすでに一回射精しているし、この歳だから、途中で暴発するようなこともないだろう。

夏美も素直に尻を持ち上げ、彼は膝を突いて股間を進めた。

そしてバックから先端を濡れた膣口に押し当て、ゆっくり挿入していったのだった。

初めての体位だから少々挿入に戸惑ったが、何とか張り詰めた亀頭がヌルヌルッと滑らかに潜り込んでいくと、やはり向かい合わせとは微妙に感触が違う気がした。

さすがに肉襞の摩擦と締め付けが心地よく、中は大量の愛液が満ち、熱いほどの温もりが彼自身を包み込んだ。

5

「アアッ……、すごいわ……」

丈太が根元まで押し込み、夏美の尻に股間をピッタリと密着させると、彼女は白い背を反らせて喘いだ。

なるほど、この尻の当たる感触と弾力が、バックスタイルの醍醐味かと彼は実感した。

丈太は膣内の温もりと感触を味わい、夏美の背に身を重ね、髪の匂いを嗅ぎながら、両脇から回した手で乳房を揉みしだいた。

そしてズンズンと腰を前後させはじめると、

「あう、いい気持ち……」

夏美も顔を伏せて呻きながら、動きに合わせて尻を前後させた。

しかし摩擦快感も尻の丸みも心地よいが、やはり顔が見えず、唾液や吐息が貰えないのは物足りない。

要は、あまり好みの体位ではなかったようだ。

丈太は途中で動きを止め、身を起こしていったん引き抜いた。

「あう……」

快感を中断され、呻いた夏美が支えをなくしたように突っ伏した。

それを横向きにさせ、彼は夏美の上の脚を真上に差し上げ、下の内腿に跨がって再び挿入した。

今度は松葉《まつば》くずしの体位だ。

丈太は深々と貫き、彼女の上の脚に両手でしがみついた。

互いの股間が交差しているので吸い付くような密着感が高まった。

腰を動かしはじめると局部同士ばかりでなく、内腿も滑らかに擦れ合って気持ち良かった。

しかし、やはり彼女の顔が遠いので、これも試しただけで股間を引き離してしまった。

「あう、どうかもう抜かないで……」

夏美が不満げに言うので、仕上げは正常位で、彼は一気に根元まで挿入していった。

彼女も高まり、相当に絶頂を迫らせているようだ。

心地よい肉襞の摩擦と温もり、きつい締め付けと潤いを味わいながら股間を密着させ、身を重ねていくと彼女も両手を回してきた。

胸で乳房を押しつぶし、上から唇を重ねて舌をからめながら、彼は徐々に腰を突き動かしはじめていった。

「ンンッ……！」

夏美が熱く呻き、息で彼の鼻腔を湿らせながらズンズンと股間を突き上げてきた。丈太も次第にリズミカルに律動し、いつしか股間をぶつけるほど激しく動いていった。

五十九歳でも、立て続けに出来るのだと思った。

そう、一度目の人生では女房の由美一人で、シャイなため女性に恵まれなかったが、相手さえいて、すれば出来たのかも知れない。

滑らかに蠢く美女の舌を味わい、生温かな唾液をすすりながら動きを強めていくと、

「アアッ……、い、いきそう……」

夏美が淫らに唾液の糸を引いて口を離し、熱く喘ぎながら膣内の収縮と潤いを増していった。

亜矢子に似た美女の開いた口に鼻を押し込み、濃厚に甘酸っぱい吐息でうっと

りと鼻腔を刺激されながら動くうち、ジワジワと絶頂の波が彼の全身に押し寄せてきた。

しかし先に、夏美の方がオルガスムスに達してしまった。

「い、いく……、すごいわ……、アアーッ……！」

ブリッジするように身を反らせて喘ぎ、ガクガクと腰を跳ね上げて悶えた。

丈太は、暴れ馬にしがみつく思いで、必死に抜けないよう動きを合わせ、続いて昇り詰めていった。

「く……、気持ちいい……！」

快感に呻きながら、ありったけの熱いザーメンをドクンドクンと勢いよく中に注入した。

「あう、熱い、感じる……！」

噴出を受け止めた夏美が駄目押しの快感に呻き、きつく締め付けてきた。

丈太も動きながら快感を嚙み締め、心置きなく最後の一滴まで出し尽くしていった。

すっかり満足しながら徐々に動きを弱め、力を抜いてもたれかかっていくと、

「アア……」

夏美も声を洩らし、全身の強ばりを解いてグッタリと身を投げ出していった。

完全に動きを止めても、まだ膣内の収縮が繰り返され、刺激された幹が膣内で過敏にヒクヒクと震えた。

「あう……」

夏美も感じるように呻き、味わうように締め付けた。

丈太は重なったまま、彼女の喘ぐ口に鼻を当て、果実臭の吐息を胸いっぱいに嗅ぎながら、うっとりと快感の余韻を味わったのだった。

「社長さん、すごすぎます……」

夏美が荒い息遣いで言い、やがて彼も呼吸を整えて股間を離し、身を起こしたのだった。

そして力の抜けた夏美の身体も引き起こし、もう一度シャワーを浴び、フラつく彼女を立たせた。やがてバスルームを出ると二人は身体を拭き、部屋に戻って身繕いをした。

「また会って下さいね」

「ああ、もちろん」

うっとりと言う夏美に答え、丈太は若い娘を相手に二回も、充分すぎるほどに出来たことが嬉しかった。

やがてラブホテルを出ると夏美とは駅で別れ、彼は一人で帰った。

二つの人生の記憶があるので、丈太は迷うこともなく、社長である今の大きな自宅へと戻ったのだった。

亜矢子や美鈴に会いたいし、連絡すれば会えるだろうが、やはり三十六年経った彼女たちに会うには少々の躊躇《ため》いがあった。

それでも亜矢子は、まだ社の関係者として顔を合わすこともあるだろう。

帰宅すると、

「お帰りなさい、貴方」

五十八歳の由美が笑顔で出迎えてくれたが、幻滅するようなことはなく、やはり可愛かった面影は充分に残している。

(ああ、やはり由美と一緒になって良かったのだな……)

丈太は思った。それほど、由美の表情に翳《かげ》りや疲れは窺《うかが》えず、幸福そうな顔つきをしていたのだった。

「お帰り、パパ」

二階から由希も下りてきて言った。由美似ではないが美しく、間もなく嫁ぐ娘は眩しいほどだった。

（こんな若い娘ともしたんだなあ……）

丈太は、つい今朝までいた昭和時代を懐かしんで思った。

息子の雄一は、職場に近い場所で一人暮らしをしている。

「貴方、お風呂どうぞ」

由美に言われて、入ってきた、と思わず言いかけ、

「ああ、入る。打ち合わせで飲み食いは済ませたから何も要らない」

答えた丈太はすぐ部屋で着替えてから、広い風呂で入浴した。

浸かっただけで上がり、パジャマ姿でリビングに行き、ジャックダニエルのロックを飲みながらテレビのニュースを見て新聞も見回した。

ほぼ記憶通りの令和五年である。

由希は二階の部屋へと戻り、由美は風呂に入るようだった。

チャンネルを変えると、往年のタレントが出演するクイズ番組『クイズ！　脳ベルＳＨＯＷ』に、五十五歳になった浅山めぐみが出ていた。

（ああ、彼女も元気そうだな……）

丈太は思い、めぐみの肌を頭に思い浮かべた。

彼女は、今でも充分に魅力的な美熟女になっていた。出来ることなら、今でも抱いてみたい。

何しろ、この歳でも立て続けに二回の射精が出来たことが、大いなる自信になっていた。

とにかく彼は、一度目の人生と二度目の人生、両方の記憶を持っているのだ。

しかし今は、この暮らしの方に順応するよう努《つと》めるべきだろう。

実際、一度目で建てた家の記憶は薄れつつあるので、いずれ一度目の人生の記憶は消え去ってしまうのかも知れない。

それでも丈太は、

（いつかまた、若返って昭和時代に戻ってみたいものだな……）

そう思い、いつの日かまた実現するような気がしたのだった。

※この作品は、２０２２年5月10日から同年9月2日まで日刊ゲンダイ紙上にて連載された「みだら昭和マン　性春やり直し」を文庫化に際して改題したもので、完全なフィクションです。

双葉文庫

む-02-58

性春《せいしゅん》オフィスふたたび

2023年2月18日　第1刷発行

【著者】
睦月影郎《むつきかげろう》

【発行者】
箕浦克史
【発行所】
株式会社双葉社
〒162-8540 東京都新宿区東五軒町3番28号
[電話] 03-5261-4818(営業部)　03-5261-4868(編集部)
www.futabasha.co.jp(双葉社の書籍・コミックが買えます)
【印刷所】
中央精版印刷株式会社
【製本所】
中央精版印刷株式会社

【フォーマット・デザイン】
日下潤一

ISBN978-4-575-52645-5 C0193
Printed in Japan